SOCORRO, CAÍ DENTRO DO VIDEOGAME

RETORNO À ILHA PERDIDA

SOCORRO, CAÍ DENTRO DO VIDEOGAME
RETORNO À ILHA PERDIDA

DUSTIN BRADY
ILUSTRAÇÕES DE JESSE BRADY

TRADUÇÃO: ADRIANA KRAINSKI

TRAPPED IN A VIDEO GAME: RETURN TO DOOM ISLAND © 2018 DUSTIN BRADY
TRAPPED IN A VIDEO GAME WAS FIRST PUBLISHED IN THE UNITED STATES BY ANDREWS MCMEEL
PUBLISHING, A DIVISION OF ANDREWS MCMEEL UNIVERSAL, KANSAS CITY, MISSOURI, U.S.A.
COPYRIGHT TO THE WORKS IS OWNED BY DUSTIN BRADY

ILLUSTRATIONS COPYRIGHT © 2018 BY JESSE BRADY
COPYRIGHT © FARO EDITORIAL, 2022

Todos os direitos reservados.
Nenhuma parte deste livro pode ser reproduzida sob quaisquer meios existentes sem autorização por escrito do editor.

Milkshakespeare é um selo da Faro Editorial.

Diretor editorial: **PEDRO ALMEIDA**

Coordenação editorial: **CARLA SACRATO**

Preparação: **GABRIELA DE ÁVILLA**

Revisão: **BÁRBARA PARENTE**

Adaptação de capa e diagramação: **CRISTIANE | SAAVEDRA EDIÇÕES**

Dados Internacionais de Catalogação na Publicação (CIP)
Angélica Ilacqua CRB-8/7057

Brady, Dustin
    Socorro, caí dentro do videogame : retorno à ilha perdida / Dustin Brady ; traduzido por Adriana Krainski ; ilustrado por Jesse Brady. — São Paulo : Faro Editorial, 2022.
    144 p. : il.

    ISBN 978-65-5957-163-5
    Título original: Trapped in a Video Game: Return to Doom Island

    1. Literatura infantojuvenil I. Título II. Krainski, Adriana III. Brady, Jesse

22-1360   CDD 028.5

Índice para catálogo sistemático:
1. Literatura infantojuvenil

1ª edição brasileira: 2022
Direitos de edição em língua portuguesa, para o Brasil, adquiridos por **FARO EDITORIAL**

Avenida Andrômeda, 885 – Sala 310
Alphaville – Barueri – SP – Brasil
CEP: 06473-000
WWW.FAROEDITORIAL.COM.BR

SUMÁRIO

Prefácio 7

1. O Zíper 9
2. Esconde-esconde 14
3. Raul Ludbar 19
4. Ponto de troca 24
5. Reactovision 9000 29
6. Piscou, perdeu 36
7. Ilha perdida 42
8. BUM-BUM 47
9. Eles chegaram 52
10. Cocozinho crocante 58
11. Toca do leão 65
12. Marsh Mallow 70

13	O cofre	74
14	Masmorra pedregosa	79
15	Tremor	83
16	Senhor Legalzão	88
17	Senhor Nada Legalzão	95
18	Planeta Poço Sem Fundo	100
19	A Casa Branca	105
20	Duru Duri	111
21	Esquilo esperto ao resgate	119
22	Fuga	124
23	Código vermelho	130

| SOBRE OS AUTORES | 133 |
| EXPLORE MAIS | 134 |

PREFÁCIO

Caso você tenha perdido

Jesse Rigsby, um garoto de doze anos, foi sugado para dentro de um jogo de videogame. Aquilo não foi nada bom para ele, que odiava videogames. Dentro do jogo, Jesse encontrou seu amigo, Eric Conrad, e lutou contra louva-a-deus gigantes, monstros de areia do tamanho de uma casa e um alien poderoso conhecido como Hindenburg. No final, Eric e Jesse conseguiram escapar, porque outro garoto que estudava com eles, Mark Whitman, ficou no lugar deles.

Em *Socorro, caí dentro do videogame: missão invisível*, Jesse e Eric embarcaram em uma missão de resgate, entrando escondidos na empresa de videogames Bionosoft, através do jogo *Solte as feras*, um jogo para celular de realidade aumentada. Depois de sobreviver aos ataques de um Pé-Grande, de um velociraptor e do presidente da Bionosoft, Jevvrey Delfino, Jesse, Eric e um antigo funcionário da Bionosoft, o senhor Gregory, conseguiram tirar o Mark de dentro do jogo. Mas, infelizmente, o resgate derrubou o sistema da Bionosoft e soltou tudo que havia dentro dos computadores no mundo real.

Em *Socorro, caí dentro do videogame: a revolta dos robôs*, os robôs de um dos jogos da Bionosoft começaram a fazer estragos no mundo real depois de saírem dos computadores. Além de transformar esgotos, fábricas e parques de diversão da cidade em fases macabras de um jogo, eles também raptaram o Eric. Então o Jesse se uniu ao Mark, a um simpático drone chamado Roger e a uma garota chamada Sam para salvar o amigo antes que os robôs pudessem mandá-lo para o espaço. Depois de resgatar o Eric, o senhor Gregory procurou o Jesse para perguntar se ele havia dito alguma coisa para alguém sobre os caras de terno que trabalhavam para a "Agência". Aquilo foi estranho, mas não tão estranho quanto o que o filho do senhor Gregory, seu amigo Charlie, contou: aquele não era o senhor Gregory. Aquele era um sósia-robô, o verdadeiro senhor Gregory estava desaparecido.

Agora vamos rumo à próxima aventura!

CAPÍTULO 1

O Zíper

— Você quer que eu vomite?
— Ahm? Não! Vamos lá, é um brinquedo divertido! — eu disse, empurrando o meu amigo para mais perto do Zíper.
— Não é nem divertido, nem um brinquedo! — Eric disse, tentando se livrar de mim. — É uma máquina de vômito! Uma máquina inventada pra fazer as pessoas vomitarem!

O Eric tinha razão. O Zíper é um brinquedo de parque de diversões que tenta responder à pergunta "Quantas vezes o corpo humano aguenta ser virado de cabeça pra baixo em um minuto?". A cabine giratória para duas pessoas é bamba e imprevisível, cheia de peças de metal que podem bater no seu rosto durante todos aqueles giros. Não é um brinquedo divertido.

Eu sorri e entreguei os dois bilhetes para o adolescente desligado que estava cuidando da máquina mortífera rodopiante.

— Jesse! Você tá me ouvindo? Roger, coloca um pouco de juízo na cabeça dele!

Bip bip buiiiiiiiiiiiiop.

O Roger é um drone do jogo *Mundo SuperBot 3*. Depois de ter sido sugado para o mundo real durante uma falha tecnológica, ele me ajudou a resgatar meu amigo Eric das garras de um robô enorme chamado Goliatron. Se você está ouvindo falar sobre o Roger pela primeira vez, essa foi provavelmente a frase mais confusa que você já leu, mas eu juro que, naquele momento, fazia sentido. Enfim, o Roger foi destruído durante esse resgate, mas o pai de um amigo nosso, o senhor Gregory, o reconstruiu usando peças de reposição. Depois disso, o Roger virou nosso fiel companheiro, sempre zumbindo pra lá e pra cá, indo da minha casa pra casa do Eric, sem nunca perder um de nós dois de vista por muito tempo. Nós ficamos famosos lá no bairro por termos um drone de estimação, crianças vinham de outras ruas para nos ver fazer truques com ele. O Roger agora estava fazendo um daqueles truques: balançando para a frente e para trás enquanto fazia um barulho medonho.

— Tá vendo, o Roger também acha isso uma péssima ideia — Eric disse, tentando dar meia-volta.

— Roger, fica aqui. A gente já volta!

Eu segurei o Eric pela parte de trás da camiseta e o arrastei para o Zíper, ele até tentou fazer corpo mole, mas já era tarde demais. Eu o empurrei para dentro do brinquedo.

— Boa sorte — o funcionário do parque disse ao fechar a nossa cabine.

Não "divirtam-se", "curtam o brinquedo" ou "tomem cuidado". "Boa sorte." Eu respirei fundo, iríamos precisar mesmo.

O adolescente voltou para a estação de controle e apertou o botão para nos fazer subir e colocar pessoas na outra cabine. Quando estávamos no ar, eu virei para o Eric.

— Eu te trouxe aqui porque tenho uma coisa importante pra te contar e tinha que ser em particular.

— E você não podia ter feito isso no meu quarto, no seu quarto ou, sério, em qualquer outro lugar que não fosse a máquina de vômito?

— Escuta, você notou alguma coisa estranha com o senhor Gregory depois de toda aquela história dos robôs?

Eric enrugou o nariz.

— Não sei, já faz, tipo, dois meses. Ele é um cara esquisitão, não é? Ele não sempre foi estranho?

— Lembra a primeira coisa que ele perguntou depois que fomos resgatados? Ele não perguntou se estávamos bem ou se tinha acontecido alguma coisa. Ele perguntou se tínhamos falado sobre a "Agência" para alguém.

— E daí?

— Nós nem sabíamos o que era a Agência. Não é estranho isso?

— Ele provavelmente estava tentando proteger a gente de alguma coisa.

— Mas e se não for isso?

Eric me olhou com uma cara estranha. O brinquedo rangeu e subiu mais um pouco para o adolescente encher mais uma cabine. Eu respirei fundo e contei ao Eric sobre a teoria do Charlie Gregory de que seu pai não era seu pai de verdade, mas um robô fabricado para parecer com o seu pai. Eu achei que teria que passar toda a volta no brinquedo tentando convencer o Eric a acreditar naquela ideia maluca, mas ele entrou na onda depois de três frases. O Eric adora teorias da conspiração.

— Que loucura! — Eric disse. — Loucura! — Ele arregalou os olhos, com a cabeça funcionando a mil por hora. Encheram a última cabine e o Zíper começou a girar para valer.

— Mas, mas... por quê?

— Tô achando que os caras de terno sequestraram o senhor Gregory verdadeiro e mandaram esse sósia-robô para garantir que a gente não falasse nada.

Eric tentou fazer um gesto com a cabeça, mas, naquela hora, o Zíper já tinha disparado, então o queixo dele só caiu no peito do meu amigo e ele engasgou.

— Espera, se o pai do Charlie é na verdade um robô-espião... — Eric parou por um momento enquanto dávamos quatro piruetas seguidas — ... então, quando ele consertou o Roger... — giramos mais duas vezes, e eu esperei ele juntar o quebra-cabeça. — Você acha que ele transformou o Roger em um robô-espião também?

— Sim, eu acho que sim — eu disse.

O Eric estava com a cara verde. E eu não consegui entender se era por causa da novidade ou das piruetas.

— Por quê? — ele resmungou. — Por que ele...

O Eric estava mesmo com dificuldades, então fui logo terminando a frase dele.

— Não sei por que eles estão nos espiando. Eu acho que eles querem garantir que nós não vamos estragar os planos deles.

O Eric se agarrou no meu braço com uma mão, enquanto se segurava na barra com a outra.

— NÃO! — Ele me olhou com os olhos insanos. — Por que você me deixou comer aquele bifão se sabia que viríamos no Zíper?

— Ops. Não lembrei disso. Foi mal.

O Zíper finalmente foi parando devagar.

— Imagino que você tenha algum tipo de plano — o Eric resmungou, com o rosto completamente branco.

Ah, sim, claro, eu tinha um plano. Eu estava bolando há semanas. Eu sorri.

— Dei o nome de "Operação SGR ao resgate do senhor Gregory". Nós vamos pegar aqueles caras. Vou te contar o plano todo, mas...

— MAS O QUÊ?!

Olhei para fora da porta da nossa cabine. O Roger estava nos encarando e acenou com uma das garrinhas.

— Vamos ter que andar nesse brinquedo de novo.

— Eu vou te matar.

CAPÍTULO 2

Esconde-esconde

Dois dias depois, eu e o Eric fomos até a casa do Charlie Gregory para começar a Operação SGR pela Fase 1: esconde-esconde. Eu mal tinha dormido à noite e já estava suando. O Eric, por outro lado, estava todo sorridente, como se tivesse acabado de ganhar uma viagem para um parque de diversões. Percebi que ele estava usando aquele relógio de espionagem ridículo que eu tinha falado para ele não trazer.

Quando chegamos à entrada, Roger esticou seu braço telescópico para tocar a campainha. Uns segundos depois, o senhor Gregory apareceu e se animou quando nos viu.

— Jesse! Eric! Que bom ver vocês de novo! E você também, Roger! — O Roger fez um bipe e deu uma voltinha.

— E aí, seu Gregory! O Eric convidou a gente pra brincar de esconde-esconde. Ele tá em casa? — o Eric perguntou.

— Claro! Vou chamar ele — o senhor Gregory deu uns passos para dentro da casa e depois se virou. — Vocês aceitam um sorvete?

— Sim! Por favor! — o Eric disse.

O senhor Gregory fez um joinha e ergueu as sobrancelhas de um jeito brega, depois desapareceu dentro da casa.

O Eric olhou para mim como quem diz: "Você tem certeza de que esse cara é um robô?". E eu fiquei bravo com a desconfiança dele. Embora aquela fosse a primeira vez que o Eric vinha à casa dos Gregory depois de saber da novidade, já era a quarta vez que eu vinha. Na primeira, eu tive a mesma reação que o Eric. Depois da minha conversa com o Charlie na escola, eu só conseguia imaginar robôs articulados com movimentos estabanados, mas não foi nada disso que eu encontrei. Por fora, aquele novo senhor Gregory parecia completamente normal, como o meu pai. Ele era gentil e engraçado. Ele se lembrava das coisas. Uma vez, ele até fez uma careta como se estivesse sentindo o cérebro congelar depois de tomar sorvete muito rápido.

Mas quanto mais tempo eu passava na casa do Charlie, mais coisas estranhas eu notava. Por exemplo, o senhor Gregory parecia piscar com mais força do que o normal — como se estivesse tentando espremer os olhos, se é que isso faz algum sentido. E depois notei o intervalo entre as piscadas. Quando comecei a prestar mais atenção, descobri que ele piscava exatamente a cada cinco segundos. Cinco-quatro-três-dois-um-PISCADA, cinco-quatro-três-dois-um-PISCADA. Tinha outras coisas também. Tipo, ele dizia "supostamente" muitas vezes. E ele lambia o dedo todas as vezes antes de virar a página de qualquer coisa que estivesse lendo. E sempre passava tempo demais no banheiro.

Tá, tá, agora que estou escrevendo isso tudo, não parecem pistas que dão a entender que alguém é um robô, como eu achei no começo. Talvez fossem só coisas estranhas que os adultos fazem. Mas era por isso que estávamos ali. Esconde-esconde é a melhor forma de bisbilhotar a casa de alguém. Se a casa do Charlie tivesse qualquer prova de atividades robóticas, nós descobriríamos e entregaríamos imediatamente pra polícia.

Para bisbilhotar bem na cara do senhor Gregory e do Roger, nós combinamos alguns códigos: "Picles" significava "tá tudo bem". "Atum" significava "deu ruim". E "ratoeira" significava "tirem os robôs de perto porque descobri uma coisa sinistra".

O Charlie veio com um sorriso enorme e falso até a porta, ele parecia tão nervoso quanto eu.

— E aí, pessoal! Picles, né? — (Pensando bem, provavelmente deveríamos ter inventado códigos que seriam mais fáceis de usar numa conversa normal.) O Charlie tentou me cumprimentar com a mão de um jeito todo complicado, e deu tudo errado. Eu fiz o sinal de "fica de boa" com as mãos.

— Ei, vocês querem brincar de esconde-esconde? — eu perguntei com aquela voz de quem está lendo uma fala em um cartão.

— Claro! — o Charlie respondeu de um jeito tão artificial quanto o meu.

— É melhor vocês se cuidarem, eu sou campeão mundial de esconde-esconde.

Meia hora depois disso, Eric já tinha provado que aquela frase talvez tenha sido a coisa menos verdadeira que ele disse na vida inteira. Além de ser ruim em vasculhar coisas robóticas, ele era ruim em fingir que estava fazendo qualquer coisa além de vasculhar coisas robóticas. Da primeira vez que eu estava procurando, "peguei" o Eric na cozinha: não se escondendo em um armário ou coisa assim, mas revirando uma gaveta de tralhas.

Acabamos decidindo deixar o Eric responsável por nos procurar, antes que ele estragasse tudo. O Eric e o Roger procurariam eu e o Charlie, enquanto nós dois tentaríamos investigar todos os cantos da casa.

Mesmo com o Eric fora do caminho, a investigação foi um fiasco. Parecia que sempre que chegávamos perto de uma pista, um dos irmãos ou irmãs do Charlie estragavam tudo.

— EEEEEEEI, QUECÊTÁFAZENDO? — perguntou a pequena Cheyenne quando me viu mexendo nos fios atrás do armário da TV.

— Istái uáis? — Christian perguntou, tentando me alcançar com um sabre de luz por baixo da cama. — Istái uáis, istái uáis, istái uáis!

— Ahhhhhhhh ah ah AHHHHHHH! — o garotinho berrou, entregando o meu esconderijo dentro do quarto das crianças.

Então não foi surpresa nenhuma quando vi que tinha alguém no banheiro enquanto eu me "escondia" na banheira, tentando espiar pelo ralo (eu já estava ficando sem ideias), e a pessoa fechou a porta. Eu revirei os olhos e sentei imóvel. Por mais vergonhoso que fosse sair agora, seria dez vezes pior se a outra pessoa no banheiro fosse uma criancinha que anunciaria minha presença para a casa inteira. Fiquei quieto esperando o som da tampa do vaso sanitário, mas não ouvi. Em vez disso, ouvi alguém mexendo no armário de remédios. Não podia ser uma criança, o armário era alto demais. Em silêncio, espiei pela cortina: era o senhor Gregory.

Meu coração disparou e eu voltei a me esconder, deixando só um pedacinho de nada do meu rosto para fora. Ele tirou alguma coisa do armário, o que podia ser aquilo? Eu me espremi para enxergar melhor. Era...

Um barbeador elétrico.

Eu revirei os olhos. Lá estava eu, me achando um grande espião, e a minha grande descoberta foi ver o pai do meu amigo se barbeando. Eu me senti um idiota.

Espera. O que ele estava fazendo?

O senhor Gregory colocou o barbeador na tomada, mas em vez de ligar, ele tirou o cabo de energia e fez uma coisa que nunca vou conseguir apagar da minha cabeça:

Ele conectou o cabo de alimentação à própria pele.

CAPÍTULO 3

Raul Ludbar

— ATUM! — a voz na minha cabeça gritou. — ATUM, ATUM, ATUM UM MILHÃO DE VEZES!

Eu queria correr, vomitar, ou as duas coisas juntas, mas meu corpo ficou congelado, vendo o senhor Gregory beliscar a pele do dedão esquerdo e puxá-la para trás devagar, mostrando um plugue preto. E, calmamente, ele conectou o cabo ao plugue. A boca dele começou a mexer. Devagar, no começo, e depois a um milhão de quilômetros por hora. Já no final, ele fez dois gestos que eu reconheci: um joinha com a mão e uma levantada de sobrancelha. Espera, será que ele estava repetindo aquilo o dia todo? Ou talvez estivesse mandando todas as memórias para algum lugar?

Logo depois de levantar a sobrancelha, ele arregalou os olhos. Mesmo sem querer, eu deixei escapar um leve engasgo. O senhor Gregory olhou para o espelho por um segundo e depois virou a cabeça devagar para o lado. Mais do que depressa, eu me escondi atrás da cortina. A cortina era fina e eu conseguia ver a sombra da cabeça do senhor Gregory olhando para o chuveiro por uns dez segundos. Eu prendi a respiração. Se eu podia vê-lo, será que ele também podia me ver? Eu me preparei para gritar "atum" a plenos pulmões assim que ele abrisse a cortina, mas isso não aconteceu. Em vez disso, senhor Gregory se virou, guardou o cabo no armário de remédios e saiu do banheiro.

Assim que ele saiu, eu tomei fôlego. Era aquilo que nós precisávamos. Esperei um minuto inteirinho, depois tirei o cabo do armário de remédios e saí escondido do banheiro.

— ISTÁI UÁIS?!

Dei um pulo de meio metro do chão e, ao me virar, vi o Christian parado ali com aquele sabre de luz irritante.

— Agora não! — eu sussurrei.

Desci as escadas correndo antes que outra criança pudesse estragar tudo. Quando cheguei ao final da escada, vi o Eric na cozinha tomando sorvete e nem um pouco preocupado em nos procurar.

— Eric! — eu engasguei.

— Ah, foi mal — ele disse. — A senhora Gregory acabou de trazer sorvete do mercado. Eu devia ter te contado, mas é sorvete de chocolate com brigadeiro, e você sabe como eu gosto de raspar o granulado que vem em cima do sorvete.

— Cadê o Charlie?!

— Foi o que eu disse, eu fiz um pequeno intervalo e parei de…

E nessa hora o Charlie entrou na cozinha.

— O que está acontecendo?

— Sorvete de chocolate com brigadeiro! — Eric disse. — Sua mãe só pega coisa boa!

— É bom mesmo, não é? — disse outra voz.

O senhor Gregory apareceu do outro lado.

Eu senti um arrepio.

— Pessoal, acho que...

— Ah, fala sério, Jesse. Esquece isso. Desculpa, tá bom? — o Eric disse. Ele virou para o Charlie. — Ele tá bravo porque eu estava tomando sorvete e não procurando vocês. Mas é sorvete de chocolate com brigadeiro, tá ligado? Jesse, vou pegar um pouco lá no freezer pra vocês. Senta aí e relaxa.

— Certo, mas não é nada disso — eu disse.

— O que é então? — O Eric foi andando até o freezer, mas antes que eu pudesse responder, ele já tinha se distraído com alguma coisa na porta da geladeira.

— Charlie, quem é Raul Ludbar?

Charlie olhou para cima assustado.

— O quê?

Eric apontou para o convite grudado na geladeira.

— Você foi convidado para a festa surpresa de alguém chamado Raul Ludbar. Não é ninguém da nossa sala, né? Eu com certeza não fui chamado para a festa de um tal de Raul Ludbar. Você foi convidado para a festa desse tal de Raul Ludbar, Jesse?

Eu não estava mais aguentando as baboseiras do Eric. Eu o segurei pelo ombro e disse:

— Eric, se concentra!

Quando ele fechou a boca por dois segundos, eu olhei bem dentro dos olhos dele e perguntei:

— Você quer jogar o jogo da ratoeira?

O Eric pareceu confuso.

— Ahm, aquele jogo de tabuleiro? Não, não quero, não.

Eu queria dar uma bela bofetada na cara dele.

— RATOEIRA.

O Eric ficou me olhando por um segundo antes da expressão no rosto dele mudar.

— Ahhhhhh. — Aí ele pareceu decepcionado. — Mas... o sorvete.

— Vou guardar o seu no freezer, tá bom?

O Eric suspirou e virou para o lado.

— Senhor Gregory, o Roger fez um giro mergulhando bem lá do alto e a gente queria que ele fizesse de novo.

Os olhos do senhor Gregory brilharam.

— Ah, a manobra 459! Essa é boa! Posso mostrar pra vocês lá no quintal agora mesmo, se vocês quiserem!

— Seria incrível! — Eric disse, mas a expressão dele dizia outra coisa.

O senhor Gregory e o Eric saíram caminhando com o Roger indo atrás deles. Quando a porta fechou, tirei o cabo do meu bolso.

— Olha, Charlie! É disso que precisamos!

— Excelente — disse o Charlie, com um olhar distante.

— O seu pai, ou melhor, aquele robô, puxou a pele e conectou isso aqui no dedo. Foi a coisa mais bizarra que eu já vi!

— Pode crer — disse o Charlie, ainda olhando fixamente para a geladeira, sem me encarar.

— Ei! — Eu dei um tapinha na cabeça do Charlie. — Tá tudo bem? Nós encontramos o que precisávamos! Vamos levar esse cabo para a polícia e resgatar o seu pai.

— Não precisamos levar isso para a polícia.

Erguendo as mãos para o ar, perguntei:

— E por que não?!

O Charlie não respondeu. Olhei para trás e descobri o que o estava hipnotizando daquele jeito: era o convite sobre o qual o Eric estava tagarelando antes. Dei mais uma olhada, a parte da frente do cartão tinha um robô de desenho animado segurando balões e um bolo de aniversário. O robô estava com o dedo na frente da boca e havia um balão que dizia: "Shhhh! É surpresa!".

Tremendo, Charlie estendeu a mão para pegar o convite.

— Acho que meu pai me mandou uma mensagem.

CAPÍTULO 4

Ponto de troca

Charlie não me contou mais nada sobre o convite aquela tarde. Ele só disse que precisava dar uma olhada em alguma coisa e que me enviaria uma mensagem secreta me dando mais detalhes. Então, no dia seguinte, levei o Eric até o ponto de troca de mensagens secretas: o castelo de madeira no parquinho perto da nossa escola.

A caminho do parque, o Eric digitou uma mensagem no relógio dele e me mostrou, enquanto o Roger estava virado de costas para nós.

— É por isso que precisamos de um relógio-espião.

Eu balancei a cabeça. Um relógio-espião é bem legal, mas vai que o robô pega e descobre a conversa toda? Não, eu queria fazer as coisas do jeito certo e, para isso, precisaríamos de um ponto de troca. ("Ponto de troca" é um termo de espionagem antigo que significa deixar uma mensagem secreta para outro espião bem debaixo do nariz do inimigo. Eu podia até ter falado isso em vez de falar palavras difíceis, mas eu quis mostrar o quanto eu sei dessas coisas de espionagem.)

Para colocar em prática esse Ponto de Troca específico, eu e o Eric precisaríamos brincar de pega-pega. Pensando bem, esconde-esconde e pega-pega eram as nossas grandes jogadas de espiões. A CIA ficaria orgulhosa.

— Pronto! Preparar, apontar, já! — eu gritei e corri pelo parquinho.

O Roger me seguiu até o parque e depois saiu correndo atrás do Eric. Ele até cabia dentro dos túneis, mas sabia, por experiência própria, que corria o risco de quebrar um dos seus propulsores se ficasse entalado. Assim que cheguei ao parquinho, subi uma escada e me enfiei dentro de um túnel vermelho que tínhamos combinado de usar. Claro, tinha um pedaço de chiclete velho colado na parede. Respirei fundo três vezes para me preparar e arranquei o chiclete nojento e mastigado do plástico. Atrás do chiclete, o Charlie tinha deixado um bilhete dobrado com uma mensagem que continha seis palavras.

"Venham aqui. Agora. SEM O ROGER."

Meu coração disparou. Coloquei o bilhete de volta no lugar, saí rastejando do túnel e deixei o Eric me pegar na mesma hora.

Quando ele me pegou, fiz um sinal para dizer que ele precisava conferir a mensagem. Depois, fechei os olhos e comecei a contar bem devagar.

— Uuuuuuuuuuuuum, doooooooooooois... — Enquanto eu contava, comecei a brincar com uma bala que estava dentro do meu bolso. Eu sempre preciso mexer em alguma coisa enquanto estou bolando um plano. Sem o Roger. Como é que faríamos isso? Não dá para fugir de um negócio que voa, e o Roger não tem um botão de desliga. Quando cheguei ao dez, comecei a me virar.

— Prontos ou não, aí.... AHHHHH!

O Eric estava parado bem na minha frente.

— Saquei — ele disse.

— Sacou o quê?

O Eric piscou e falou em voz alta para o Roger ouvir.

— Cansei de brincar de pega-pega, quer brincar com o Roger um pouco?

Biiiiuiiiipididiiiiiuuuuuuuup! Roger assoviou e deu uma voltinha.

— Vamos lá! — o Eric disse. — Vou te mostrar aquele truque que aprendemos ontem!

— O que você está fazendo? — falei baixinho enquanto corríamos. — Você viu o bilhete? — Eric piscou de novo.

Quando chegamos à saída do parque, perto da rua, o Eric virou para o Roger e abriu a palma da mão.

— Vem, Roger. — O Roger pousou na palma da mão do Eric, que virou outra vez na direção do parquinho.

— Fica de olho — ele disse, olhando para o outro lado da rua.

Fiquei olhando por alguns segundos o Eric fazer nada. E, por fim, acabei desistindo.

— O que estamos esperando?

Ele lambeu o dedo e ergueu.

— O veeeeeeeento — ele disse, como se fosse um pajé fazendo uma dança da chuva ou coisa assim. Finalmente, ele se deu por satisfeito.

— Pronto, Roger?

Bluuuupiti-bluuuuuupiti.

— Um... dois... três! — O Eric atirou o Roger na calçada com toda a força. O Roger aceitou o desafio: ele ativou os propulsores no modo turbo e conseguiu subir um centímetro antes de bater no concreto. Usando a força do golpe como impulso, o Roger disparou a toda velocidade rente ao chão, indo para a rua até colidir com um enorme...

CREC! CRUSH! CRAMP! CRAMP! CRAMP!

Ônibus.

O Roger ficou tão concentrado no giro que não notou o ônibus que vinha com tudo. Ele foi esmagado contra o para-brisas feito um mosquito e saiu quicando pela rua algumas vezes.

— ERIC, O QUE VOCÊ FEZ?!

O Eric parecia bem satisfeito.

— Manobra 459!

— Não, você jogou o Roger contra um ônibus! E isso vai colocar a gente em encrenca com os caras de terno!

— Ou vai servir como desculpa pra gente ir à casa do Charlie e pedir praquele pai de mentira dele consertar o Roger. Assim, vamos ficar um bom tempo sozinhos com o Charlie.

Eu parei de esbravejar na hora.

— Olha, não é uma má ideia.

O Eric ergueu a sobrancelha.

— Eu sei.

Juntamos o que conseguimos das peças de plástico e metal do Roger e enfiamos tudo na mochila do Eric. Aí saímos pedalando nossas bicicletas. Olhei pra trás para ver se não tinha nenhum cara de terno parado no estacionamento, chegando de helicóptero ou coisa assim. Nós conseguimos!

— Jesse, cuidado!

Eu me virei e apertei o freio com tudo a tempo de evitar atropelar uma mãe que estava caminhando pelo estacionamento. Ela segurou a minha bicicleta com a mão para me impedir de passar por cima dos seus dedos do pé.

— Desculpa — eu disse. — Eu devia prestar mais atenção por onde ando.

A mãe balançou a cabeça e continuou andando na direção do carro dela. Eu pedi desculpas mais uma vez e corri atrás do Eric. Se eu tivesse prestado atenção, teria notado algo estranho naquela mãe: não tinha nenhuma criança com ela.

CAPÍTULO 5

Reactovision 9000

Enquanto pedalávamos até a casa do Charlie, o Eric repassou o plano comigo:

— Certo, se o senhor Gregory robô atender a porta...

— Vamos chamá-lo de SGR a partir de agora — eu interrompi.

O Eric olhou para mim com uma careta.

— Achei que esse fosse o nome da missão.

— Era, mas eu acabei de mudar. Agora significa "senhor Gregory robô" para ficar mais fácil de falar.

— Não é tão difícil de falar.

— É sim. Além disso, a sigla faz parecer ainda mais que ele é um robô. É meio esquisito dizer "senhor Gregory" sabendo que não é ele. Então vamos usar só as iniciais, falou?

O Eric revirou os olhos.

— Certo, então, se ele atender a porta, nós choramos e reclamamos pelo acidente do Roger até que o senhor Gregory...

— SGR!

— Até que o SGR se ofereça para consertar.

— É, mas talvez a gente possa só pedir com educação, em vez de chorar. Acho que ele pode perceber que é fingimento.

— Não se preocupe. Deixa comigo — o Eric me garantiu.

Cinco minutos depois, o Eric mostrou que tínhamos definições muito diferentes para "deixa comigo".

— Senhor Gregory! Senhor Gregory! — ele começou a berrar antes mesmo de chegarmos à porta.

Eu dei um cutucão nele, mas só serviu para fazê-lo forçar a barra ainda mais:

— O Roger quebrou! NOSSO MELHOR AMIGO TÁ MOOOOOOOOORTO!

O SGR foi logo abrindo a porta.

— Ah, não! Qual parte dele quebrou?

O Eric despejou no chão tudo que estava carregando dentro da mochila.

— Tudo, tudinho!

O SGR arregalou os olhos.

— Ele bateu em um ônibus — disse o Eric, ainda tentando parecer triste, mas nitidamente orgulhoso do que tinha feito.

— Em um ônibus? — O SGR ficou olhando para as peças chocado.

— Você pode consertá-lo?

O SGR continuou olhando fixamente.

— Eu tenho algumas peças de reposição lá atrás na minha oficina.

Juntamos as peças e seguimos o SGR até um galpão no quintal. Ele acendeu as luzes, iluminando as prateleiras e bancadas de trabalho cheias de peças. O SGR pegou uma lanterna e começou a revirar uma lixeira.

— Capacitor PCFI, onde é que está o capacitor PCFI? — ele resmungou sozinho.

— Será que isso vai demorar? — Eric perguntou.

— É bem provável.

— Então a gente vai ficar um pouquinho com o Charlie, se o senhor não se importar.

— Ahm? Ah, sim, claro — o SGR resmungou.

O Charlie foi nos encontrar na porta dos fundos. O cabelo dele estava todo bagunçado e ele parecia não ter dormido nada à noite.

— Vocês se livraram dele?

O Eric deu um sorrisinho.

— Nos livramos dos dois!

Charlie olhou para os dois lados, estava tremendo.

— Mandaram bem. Venham comigo.

Seguimos o Charlie até o porão (um paraíso para crianças, cheio de brinquedos por todos os lados. Havia uma sala de aula para bichinhos de pelúcia, um campo minado de lego e um campo de batalha do *Star Wars*). De repente, comecei a ficar nervoso.

— Espera aí, o seu irmão está por aqui?

— Ele foi para a casa dos meus avós com a minha mãe e as minhas irmãs — Charlie disse, atravessando o porão para abrir uma porta. Depois que todos nós entramos, o Charlie fechou a porta, trancou e acendeu uma luminária.

— Uaaaaaaau! — eu e o Eric dissemos em uma só voz. Aquela sala menor estava cheia de outro tipo de brinquedo: eletrônicos. O senhor Gregory guardava peças de computadores velhos espalhadas em cima de uma mesa no canto da sala, toneladas de videogames antigos empilhados em prateleiras encostadas na parede e um sofá surrado de frente para uma TV de tubo. O Charlie ligou a TV e apertou um botão em um dos videogames.

A tela piscou algumas vezes e então uma música de videogame dos anos 1980 nos saudou com um título que surgiu na tela: A ILHA PERDIDA. Um homenzinho de blocos balançou para a frente e para trás nas plantas trepadeiras penduradas nas letras, enquanto outro personagem jogava cocos em um gorila.

Os olhos do Eric brilharam.

— Isso é o que eu estou achando que é? — O Charlie não respondeu. O Eric pegou um dos controles num gesto de quase adoração. — Um Reactovision 9000. Isso aqui é muito, muito raro. — Seus olhos então arregalaram. — Podemos jogar? Podemos jogar *A Ilha Perdida*?!

Eu achei estranho o Charlie ter se dado a todo aquele trabalho só para a gente jogar um videogame velho.

— O que isso tem a ver com o seu pai, Charlie?

Charlie respirou fundo algumas vezes para se acalmar.

— Esse era o videogame do meu pai quando ele era criança. Ele sempre dizia que foi isso que fez ele querer começar a criar jogos. Assim que eu consegui segurar um controle, começamos a jogar *A Ilha Perdida* juntos. Ainda lembro da primeira vez que terminamos o jogo. Na verdade, eu não me lembrava desse jogo há muitos anos. Até que vocês mostraram o convite na geladeira.

— Da festa do garoto que não conhecemos? — Eric perguntou.

— Raul Ludbar — Charlie disse. — É o código que eu e o meu pai usávamos em *A Ilha Perdida* para ganhar vidas infinitas.

— Ahhhhhhh! — o Eric disse. Então ele parou por um momento. — Quer dizer, não entendi.

— Sabe quando os jogos deixam você colocar algum código para ganhar itens extra?

— Sim, claro.

— Bom, nos jogos do Reactovision você coloca os códigos combinando movimentos nos botões do controle. — O Charlie pegou o controle da mão do Eric. — Está vendo, para cima, para baixo, para esquerda, para direita, A e B. Se apertar na ordem certa, você consegue todas as coisas legais do jogo.

— Ceeeeeeeeerto.

— O código para conseguir vidas infinitas em *A Ilha Perdida* é bem complicado. Direita, A, cima. Esquerda, esquerda, blá, blá, blá. É muito difícil se você não anotar ou...

Eu estava começando a entender.

— Ou bolar um código próprio!

Charlie concordou.

— Raul Ludbar não é um nome. É uma manha para lembrar do código de *A Ilha Perdida*. R é o botão R, que vai para a direita, A é o botão A, U é o botão de ir para cima.

Agora eu estava ficando animado.

— Então o seu pai estava dizendo para você colocar o código nesse jogo! E ele queria que você fizesse isso sem contar pra ninguém, por isso ele mandou a mensagem através de um convite para uma festa surpresa!

Charlie concordou com a cabeça, olhou para a porta atrás dele e, devagar, começou a apertar os botões no controle. Direita, A, cima, esquerda. Eu e o Eric prendemos a respiração até ele apertar o último botão. Uma campainha tocou. A tela ficou preta e uma mensagem apareceu na tela, uma letra de cada vez.

VOCÊ ESTÁ SOZINHO?

- SIM

- NÃO

Charlie escolheu "SIM".

CHARLIE, VOCÊ ESTÁ SENDO VIGIADO. ALGO RUIM VAI ACONTECER. PROTEJA A FAMÍLIA, TRAGA TODO MUNDO PARA ESSA SALA E DIGITE O CÓDIGO OUTRA VEZ.

COM AMOR,

PAPAI

Sentamos em silêncio por um instante. O Charlie ainda estava tremendo.

— Pessoal, o que está acontecendo?

— Posso ver o controle? — eu perguntei.

O Charlie me entregou o controle e eu tentei navegar pela tela para procurar outras pistas.

— Tinha alguma outra instrução?

Antes que o Charlie pudesse responder, a maçaneta rangeu. Charlie deu um pulo e ficou de pé.

— Quem é...

A porta abriu e o SGR entrou, segurando uma chave.

CAPÍTULO 6

Piscou, perdeu

— Meninos, eu consertei o Roger! — disse o SGR ao entrar na sala. O Roger voou por trás dele, parando em cima do seu ombro.

— Isso foi... ahm, rápido — disse o Eric.

O SGR olhou para mim, depois para o Eric, depois para o Charlie e depois para a TV. Quando viu a TV, ele parou. Os olhos dele nem se mexiam para ler o texto. Ele deve ter conseguido ler tudo instantaneamente, porque assim que bateu o olho na tela, o comportamento dele mudou completamente. A respiração desacelerou. Ele ficou frio. Robótico. Devagar, ele girou a cabeça na direção do Charlie.

— Qual é o código? — ele perguntou com a voz calma.

O Charlie parecia ter levado um soco no estômago.

— Faz parte do jogo.

— Qual é o código? — o SGR repetiu com a mesma voz calma.

Charlie ficou em silêncio. O único barulho que se ouvia na sala eram as respirações pesadas.

O SGR piscou e fez um tique com a cabeça.

— Charlie? — Foi então que os olhos dele mudaram. Começaram a ficar mais brilhantes. Uma piscadinha. Agora estavam ficando vermelhos. Mais uma piscadinha.

Olhei em volta procurando uma saída. Não havia janela, nenhuma outra porta. O único jeito de sair era passando pelo robô mortífero de olhos vermelhos. A menos que... olhei para o controle na minha mão.

— Roger — o SGR disse sem nem virar a cabeça. — Meu filho está com dificuldades para acessar suas memórias. Vamos dar uma ajudinha para ele.

O Roger deu uma voltinha e abriu um dos compartimentos na sua barriga, mostrando uma lâmina giratória.

— Roger, não! — o Eric gritou.

Ele olhou para mim pedindo ajuda, mas eu não conseguia parar de prestar atenção nos olhos do SGR. *Piscadinha*. Era isso. No momento em que ele piscou, eu apertei "direita" no controle e comecei a contagem regressiva.

Cinco... quatro... três... dois... um... *Piscadinha*. Apertei A e comecei a contagem mais uma vez.

O Roger foi zunindo devagar na direção do Charlie, com a lâmina fazendo um barulho cada vez mais alto. O Charlie foi andando para trás até bater na parede. Era terrível ver aquilo, mas tentei me manter calmo e ficar de olho no SGR. *Piscadinha*. Apertei "para cima". Eu não sabia o que aquele código faria, mas sabia que era a nossa única chance. Eu também sabia que, se o SGR me visse digitando (mesmo que só de canto de olho), seu cérebro de robô ligaria os pontos e entenderia tudo. Então fiquei lá, assistindo àquela cena com cara de bobo, enquanto meu amigo encarava uma lâmina pronta para serrar sua cabeça.

Sabe quem não ficou parado assistindo?

— Ei, você, seu OVNI idiota! Quer um pouquinho disso aqui?

O Eric.

O Roger ignorou o Eric, o que acabou sendo uma péssima decisão para o pequeno drone. Bem quando a lâmina giratória do Roger estava prestes a encostar no nariz do Charlie, um *CREC* soou alto e o Roger saiu voando. O Eric lançou o controle de um videogame antigo com toda a força e esmagou o drone do outro lado da sala. Roger saiu girando e bateu em uma lâmpada, cortando-a ao meio com a lâmina que ainda girava. Agora, a única luz da sala vinha da TV. O Roger se ajeitou e foi com tudo na direção do Eric, que agora estava segurando o gabinete de um computador velho como se fosse um escudo.

— ERIC! — eu gritei.

O Eric usou o gabinete do computador para esmagar o Roger contra a parede. Aquilo me fez perder as contas. *Piscadinha*. Perdi a chance de apertar o botão "para baixo". Comecei a contar de novo.

Cinco... quatro... três...

O Roger agarrou o braço do Eric com as suas garras e puxou na direção da serra.

... dois... um... *Piscadinha*. Para baixo. Eu não podia mais errar a contagem. Era a única chance do Eric.

ZING!

O Charlie jogou um cartucho do jogo *Ninja Gaiden* no Roger, como uma estrela ninja, acertando um dos propulsores.

O impacto fez o Roger perder o equilíbrio, dando chance para o Charlie pegar mais três jogos na pilha: *Tetris, Paperboy* e *Bubble Bobble*.

Zing! Zing! Zing!

Cada tacada fazia o Roger cambalear e girar um pouco mais. Ele até recolheu a lâmina para conseguir concentrar toda a energia em se endireitar. Mas o Charlie não deixou por menos: ele deu o golpe final com um combo dos cartuchos do *Super Mario Bros* e do *Duck Hunt* fazendo o Roger cair do outro lado da sala, se espatifando aos pés do SGR.

O SGR olhou para baixo, nada impressionado. Eric deu um passo para a frente.

— Acabou?

O SGR deu um sorriso robótico medonho. De repente, o braço dele esticou uns dois metros e agarrou o Eric pela camiseta. Eu queria gritar. Eu queria lutar. Eu queria jogar o controle para longe e socar a cara daquele robô. Mas eu não podia. Só faltava uma piscadinha.

... três... dois... um... *Piscadinha*.

Apertei "direita". A tela ficou preta e outra mensagem apareceu na tela, uma letra de cada vez.

TODOS SEGUREM OS CONTROLES EM CINCO...

Olhei para todos os lados. O SGR ainda não tinha visto a mensagem porque estava olhando para o Eric com toda a fúria do mundo.

— Você não vai gostar nada do que vem por aí — ele disse, erguendo o Eric até o teto.

... QUATRO...

Escutamos uma batida na porta da frente lá em cima. Ouvimos pessoas invadindo a casa.

— Aqui embaixo! — o SGR gritou.

... TRÊS...

Com o controle ainda na mão, agarrei o Charlie pelo braço.

— Charlie, vai pegar o Eric!

... DOIS...

Ouvimos som de botas descendo as escadas. O Charlie se jogou para alcançar o Eric e o tirou das garras do SGR.

... UM...

Ainda segurando o controle com a mão esquerda, puxei o Charlie para cima de mim com a mão direita. Aquilo fez o Eric cair por cima dele, e nós três caímos no sofá.

... ADEUS.

UASHUUUUUUUUUUUUUSHHHHH!

De repente, minha mão esquerda parecia estar pegando fogo. Tentei soltar o controle, mas não consegui. Minha mão estava paralisada. Na verdade, meu corpo todo estava paralisado. Eu me debati inutilmente, enquanto o calor se espalhava da minha mão para o meu braço e para o meu peito. O mundo começou a se apagar enquanto eu caía.

Barulho. Muito barulho. Usei toda a minha energia para me concentrar. Ao lado da porta, um grupo de caras de terno liderados pela "mãe" que eu tinha visto no parquinho estavam apontando para alguma coisa. Nessa hora, eu estava vendo tudo preto, mas, apertando os olhos, consegui ver para onde eles estavam apontando. Outra mão estava perto da perna do Eric. Uma mão colada em um braço ultramegacomprido.

— ERIIIIIII....

Não consegui terminar de avisá-lo. Porque, naquela hora, tudo desapareceu.

ILHA PERDIDA

PRESSIONE START PARA CONTINUAR

CAPÍTULO 7

Ilha perdida

Assim que a queda acabou, parei por um momento para me preparar para o que aconteceria. Então abri os olhos, baixei a cabeça e suspirei: como eu desconfiava. O mundo tinha virado um monte de bloquinhos, como se alguém tivesse construído uma floresta inteira de Lego — mas não qualquer Lego. Era mais como aquele tipo de Lego grandão para crianças pequenas. Havia uns blocos enormes e cinzentos que deviam ser as pedras, outros blocos compridos que balançavam feito trepadeiras e outros bloquinhos de cor bege na ponta dos meus braços que deviam ser...

— AHHHHHHHH!

Eu gritei quando percebi o que eram aqueles bloquinhos: eram as minhas mãos. Sem dedos. Tentei trazê-los para perto do meu rosto para enxergar melhor, mas eu não conseguia dobrar os cotovelos. Comecei a surtar. Além de aparentemente ser o único a ter ido parar na Ilha Perdida, agora eu estava preso ali, sem dedos, sem cotovelos e sem ideia de como sair daquele lugar.

Além do mais, se aquilo fosse verdade, significava que meus amigos ainda estavam presos no mundo real com o robô-maluco. Eu me levantei e corri em volta para procurar uma dobra, um túnel, alguma coisa que eu pudesse usar para voltar para onde eles estavam.

Quando cheguei ao pedregulho no começo da fase, tentei escalar. Acontece que — e talvez você até deva imaginar — escalar sem dedos é praticamente impossível. Tentei dar a volta na pedra. Nada feito. Por mais que eu tentasse, eu só conseguia andar para a frente e para trás, mas não para a direita ou para a esquerda. Provavelmente porque *A Ilha Perdida* era um jogo 2D em que só se pode andar em uma direção. Eu podia ir para qualquer lado nos outros jogos porque eles eram 3D, como o mundo real. Mas em 2D, eu só podia ir para a frente e para trás, e não para os lados.

Por fim, tentei pular para ver o que tinha atrás do pedregulho, e foi aí que descobri algo incrível. Neste jogo, eu podia pular muito mais alto do que na vida real. Parecia que eu estava na lua. Pulei até o topo do pedregulho e descobri que atrás dele havia só um buraco negro, nada de túnel.

Tentei colocar a mão no bolso para mexer em alguma coisa enquanto eu tentava planejar meus próximos passos, mas, claro, não tinha bolso algum. A única coisa que eu podia fazer era ficar olhando para a selva de bloquinhos e pensar em como seria legal não cair dentro de um videogame semana sim, semana não. Olhando para a selva, percebi algo estranho: um monte de blocos amontoados começou a aparecer embaixo de mim. Eu me agachei. Será que aquele era o primeiro vilão de *A Ilha*

Perdida? Outros blocos se juntaram ao amontoado. Eles começaram a ficar mais escuros e tomar forma. Então ouvi um sino e de repente os blocos se uniram, formando uma pessoa. Quer dizer, não uma pessoa normal. Tipo quando o seu irmão faz um desenho e sua mãe diz: "Nossa, que macaco bonitinho, filho!", e ele diz: "É o Batman". Era mais ou menos assim.

O macaco Batman levantou, esticou os braços, olhou para as próprias mãos e gritou.

— Charlie, é você? — eu chamei.

Charlie olhou para cima da pedra.

— Jesse? O que é isso aqui?!

— *A Ilha Perdida*.

— Dá pra ver que é *A Ilha Perdida*, mas como isso foi acontecer?

Eu esqueci que aquela era a primeira vez que o Charlie caía dentro de um videogame. Saltei para descer da pedra.

— É a tecnologia que o seu pai inventou, que faz as pessoas entrarem dentro dos jogos de videogame. Talvez ele tenha pensado em um jeito de trazer sua família para dentro desse jogo para vocês ficarem seguros.

— POR QUE A SUA BOCA FICA ABRINDO E FECHANDO COMO O PAC-MAN QUANDO VOCÊ FALA?!

Acho que o Charlie não ouviu uma palavra que eu disse. Eu o segurei pelos ombros. Bom, na verdade, eu tentei segurá-lo pelos ombros, mas só consegui colocar minha mãozona que parecia uma luva no ombro dele, o que fez ele surtar ainda mais.

— Eu não sei como isso funciona. Só sei que é assim, beleza? O seu pai sabe o que está fazendo. Mas agora preciso saber de uma coisa: o Eric estava se segurando em você quando você foi sugado?

— Eu não... não...

O Charlie não conseguia dizer uma palavra. Olhei bem nos olhos dele (na verdade, eram só dois pontinhos pretos, então talvez fossem as narinas dele) e respirei fundo junto com ele para acalmá-lo.

— Charlie, isso é bem importante. Se o Eric não se segurou em você, significa que ele está ferrado.

— O QUE É AQUILO ALI?! — Charlie gritou, apontando por cima do meu ombro.

Olhei para trás e, ao ver um amontoado de blocos, dei um suspiro aliviado. Eu empurrei o Charlie para trás e disse para ele ficar de olho. Uns segundos depois, o sino tocou e os blocos se uniram, formando uma terceira pessoa.

— É ISSO AÍ! — o Eric gritou com a boca de Pac-Man. Ele socou o ar e pulou o mais alto que conseguiu.

— Eu sabia, eu sabia, eu sabia! — Ele abaixou os braços e fez uma dancinha esquisita, que consistia basicamente em mover o quadril para a frente e para trás.

— Eric! Eu não sabia se você tinha conseguido! Eu vi o SGR indo atrás de você. — Tentei dar a volta para desviar do Charlie e dar um abraço no Eric, mas não consegui, então me contentei em pular e fazer um "toca aqui" por cima da cabeça do Charlie.

— Affff, aquele cara? — o Eric disse. — Um fracote. Ele ficou gritando comigo o tempo todo, mas ele não é páreo para isso aqui, ó. — Ele tentou fazer um muque, mas, claro, o cotovelo dele não mexia.

— O tempo todo? — eu perguntei.

— Até o finalzinho.

— Mas você se livrou dele, certo?

— Eu fiquei chutando feito doido.

— Não foi isso que eu perguntei — eu disse, sentindo meu coração disparar outra vez. — Você. Se. Livrou. Dele?

— Ahmmm...

O Eric nem precisou responder, porque os dois pontinhos no rosto do Charlie ficaram grandões na mesma hora. Ele apontou por cima do meu ombro. Virei para trás e vi um amontoado enorme de bloquinhos tomar forma bem atrás de mim.

CAPÍTULO 8

BUM-BUM

— CORRE, CORRE, CORRE!

Eu saí correndo e esbarrei no Charlie, que esbarrou no Eric, que ficou ali, parado, encarando os blocos sem forma.

— O que é isso?

Charlie empurrou o Eric.

— ISSO É O QUE VAI MATAR A GENTE!

— É o SGR! — eu gritei. — Ele entrou porque estava segurando o seu pé quando o controle mandou a gente pra cá. Agora, corre!

O Eric finalmente entendeu e correu em direção à selva. O Charlie veio logo atrás e, de repente, eu percebi que ser o último da fila significava que eu seria o primeiro a ser pego pelo SGR.

— Será que dá pra acelerar? — eu gritei com o Eric que ia na frente.

O Charlie também tinha um conselho para o Eric.

— Olha, se eu me lembro bem, o primeiro inimigo parece assustador, mas ele não é tão ruim assim. Você só precisa pular e...

DING!

Ah, não. Coloquei minha mão do ombro do Charlie.

— Ele tá aqui — eu sussurrei. — Vamos falar baixo.

— AHHH! — o Eric gritou, fazendo exatamente o contrário de falar baixo.

— Eric, cala a... AHHH! — Mesmo sabendo do perigo de chamar a atenção do SGR se eu gritasse, não consegui me segurar. Uma cobra de um metro e meio de altura parada numa pose de naja prestes a dar o bote estava disparando na nossa direção. Bom, eu sei que cobras costumam deslizar ou se contorcer, mas aquela estava vindo a toda velocidade, como se estivesse sobre rodas.

— PULA! — Charlie gritou, pouco antes da cobra nos acertar. Nós três conseguimos nos livrar da cobra com facilidade. Eu virei para dar mais uma olhada naquele bicho e foi aí que vi o SGR pela primeira vez. A transferência para o mundo digital não tinha sido muito legal com ele, a versão videogame do SGR não tinha pele humana, era só um esqueleto robótico cinza e um par de olhos vermelhos e brilhantes. Os olhos não eram muito mais do que dois pontinhos vermelhos e mesmo assim pareciam estar transbordando de raiva. Quando os dois pontinhos vermelhos dele fizeram contato com os meus dois pontinhos pretos, ele começou a correr mais rápido.

— Pessoal, ele tá...

BUM-BUM.

O SGR nem tentou desviar da cobra, correu na direção dela, o que fez com que ele ficasse vermelho e depois desaparecesse, fazendo o som de *BUM-BUM.*

— Será que ele morreu? — eu perguntei.

— Sim, mas não pra valer, ele só voltou para o começo da fase — o Charlie disse.

— Nós conhecemos a parada. Essa não é nossa primeira vez dentro de um videogame, tá ligado?! — disse o Eric, fazendo um movimento para o Charlie pular na frente dele.

Minutos depois, o Charlie estava nos guiando por cima de mais um bando de cobras, mostrando como atravessar um rio usando cabeças de crocodilo como trampolim e nos ajudando a desviar de tucanos que mergulhavam no ar para nos atacar. Eu continuei olhando para trás, procurando o SGR, mas ele ainda não tinha nos alcançado.

Acabamos chegando a um poço por cima do qual havia um cipó balançando. Charlie correu até a beira do poço, olhou pra baixo, acenou com a cabeça e deu um passo para trás. Ele começou a correr e pulou para alcançar o cipó que estava vindo para o nosso lado. Ele balançou um pouco, pulou para a frente quando o cipó chegou a uma plataforma móvel e virou para nós.

— Vamos lá! É só se segurar!

Eric esticou as mãos.

— Com o quê? A gente não tem dedos!

— As suas mãos são como ímãs. Vai dar certo — o Charlie disse.

O Eric concordou e deu um passo para trás, como o Charlie tinha feito. Quando o cipó chegou perto, ele começou a correr, mas parou de repente antes de chegar à beirada.

— Foi mal. — Ele deu outro passo para trás para tentar outra vez.

Olhei para trás, já ficando nervoso.

O Eric conseguiu pular na segunda tentativa, mas ele ficou muito tempo se segurando no cipó e não conseguiu chegar logo à plataforma móvel. Ele escalou até o topo do cipó para conseguir olhar de um ângulo melhor.

— Você precisa descer — o Charlie disse.

— É mais fácil pular aqui de cima — o Eric respondeu. — É assim que eu faço sempre que jogo videogame.

— Não, você precisa do impulso lá de baixo!

— Eu aposto uma grana...

— FICA QUIETO E PULA LOGO! — eu gritei. Eu não costumo mandar as pessoas ficarem quietas, mas tinha acabado de ver um crocodilo arremessando um robô mortífero logo atrás de nós.

— Quer saber, Charlie, talvez você esteja certo desta vez — disse o Eric, ainda distraído. — Parece mesmo que vou ter que descer até a parte de baixo do cipó nesse jogo.

— ELE TÁ LOGO ALI!

Eric olhou para trás e viu o SGR olhando pra gente.

— Eita! — Ele se segurou no cipó e balançou uma, duas, três vezes e então pulou, assim que a plataforma móvel estava ao seu alcance.

Dei mais uma olhadinha para trás, o SGR estava bem ali. Antes que ele pudesse me agarrar, eu pulei. O cipó ainda estava longe, mas eu voei mais rápido e para mais longe do que eu tinha imaginado. Talvez desse certo! Eu me estiquei o máximo que consegui e estava prestes a tocar no cipó. Infelizmente, "estar prestes" não adianta nada na Ilha Perdida. O cipó passou por cima da minha cabeça e eu despenquei no poço.

BUM-BUM.

CAPÍTULO 9

Eles chegaram

Abri meus olhos em pânico e vi que estava no começo da fase, minha única esperança de sobreviver era ficando junto com o Eric e com o Charlie, e agora havia um robô de olhos vermelhos bem nervoso entre nós. Antes mesmo de começar a pensar no que faria em seguida, ouvi outro *BUM-BUM*.

Pronto, o SGR tinha me seguido até o poço. Eu comecei a correr, mas aquela coisa me agarrou pelo ombro.

— Ei, aqui!

Eu virei para trás. Era o Charlie.

BUM-BUM.

E o Eric.

— Rápido, vem comigo — disse o Charlie, pulando no pedregulho do começo da fase. Eu e o Eric corremos estabanados atrás dele. Como no pedregulho só cabia uma pessoa, acabamos ficando um em cima da cabeça do outro formando uma torre humana. Foi aí que a parte de baixo da torre começou a fazer uma dancinha estranha.

— Segura a onda aí! — o Eric disse. — Você vai fazer a gente cair!

Mas não foi o que aconteceu. Em vez disso, o Charlie terminou a dancinha e desapareceu atrás da pedra.

— Como é que você fez isso?! — o Eric perguntou.

— Para baixo três vezes e olha para cima uma vez! — o Charlie respondeu. — É uma manha do jogo para ganhar um prêmio.

O Eric tentou fazer o mesmo e, claro, ele também caiu atrás da pedra.

— Isso é muito maneiro! — eu ouvi o Eric dizer. Aí ouvi outro barulho.

BUM-BUM.

O SGR finalmente tinha mergulhado no poço.

Consegui abaixar duas vezes antes que o SGR aparecesse com cara de bravo e confuso. Abaixei rápido mais uma vez, olhei para cima e caí atrás da pedra.

De trás da pedra, dei uma espiada no SGR. Nós conseguíamos vê-lo, mas ele não conseguia nos ver. Naquela hora, ele estava olhando para baixo e para cima da pedra.

— Você acha que ele me viu? — eu sussurrei para o Eric.

O Eric respondeu todo faceiro, segurando uma esfera brilhante. Ele tinha encontrado o prêmio atrás da pedra e estava transbordando de felicidade. Eu me estiquei para tocar na esfera e, feito um bebezinho, o Eric resmungou e se agarrou àquilo, levando para perto do peito. Assim que a esfera encostou nele, ela entrou no corpo do Eric, fazendo ele ficar branco e brilhante. Ele começou a piscar e uma música animada começou a tocar alto.

Duru duri duru duri-duri.

— PARA COM ISSO! — eu falei entre os dentes.

O Eric levantou as mãos, ele não podia fazer nada. O corpo dele continuou tocando aquela música insuportavelmente alta por conta própria.

Duru duri duru duri-duri.

A nossa pedra agora tinha chamado a atenção do SGR. Ele virou, encarou e pulou em cima da pedra, tentando olhar para baixo. Nós nos agachamos. Ele examinou a pedra de todos os ângulos e tentou bater nela com sua garra robótica. No fim, os olhos dele ficaram superbrilhantes e dispararam um raio laser na pedra, uma coisa totalmente assustadora que eu nem sabia que era possível.

O corpo do Eric finalmente parou de piscar e cantar, e nós ficamos como estátuas. O SGR deu mais algumas voltas antes de desaparecer dentro da floresta. Depois de um minuto inteirinho, voltamos a respirar.

— O que acabou de acontecer aqui? — o Eric perguntou.

— É a esfera da invencibilidade — o Charlie disse. — É um prêmio bem legal, se você não estiver tentando se esconder de um robô-assassino.

Eu olhei para a selva.

— Infelizmente, o robô-assassino ainda está solto por aí.

— Pssssssssssiu.

— O que você quer, Eric? — eu perguntei, ainda de olho na selva.

— Pssssssssssiu.

— Tá, fala logo. Não tô a fim dessa brincadeira.

— PSIIIIIIIIIIIIIIIIU.

— O QUE FOI? — eu virei e vi que o Eric não podia ter feito o som de "psiu", porque o Charlie estava tapando a boca dele com a mão. Podia ter sido o Charlie, mas eu apostaria que tinha sido a cobra gigante flutuando por cima da cabeça do Charlie. Eu comecei a gritar e o Eric tapou a minha boca com a mão.

A cobra parecia uma daquelas najas-sobre-rodas que tinham nos perseguido mais cedo, mas aquela ali era maior. Muito maior. Parecia um daqueles bonecões que colocam na frente das lojas de carro para anunciar as ofertas, mas nesse caso a loja tinha que ser muito bizarra para achar que uma cobra-preta do mal ajudaria a vender mais carros. Aquela cobra nos encarava flutuando na escuridão que ficava atrás da fase. Esperei que ela comesse a gente numa só mordida. Por fim, ela abriu a boca, eu me encolhi todo, mas em vez de dar o bote, ela falou:

— Olá.

A voz era bem estranha. Eu sabia que devia ter tido um treco só de ver uma cobra gigante de videogame falando, mas a voz era o que mais me chamava a atenção. Era uma mistura de Patolino com Ursinho Pooh. Olhamos um para o outro. Por fim, o Eric respondeu:

— Olá, Cobra-falante.

— Charlie, sou eu, seu pai — disse a cobra.

Será que eu deveria ter ficado surpreso ao ouvir uma cobra digital falante dizendo que era o pai do Charlie? Claro que sim. Era impossível que uma cobra de videogame fosse o pai de alguém, a não ser que fosse uma cobra-bebê. Mas, depois de tudo que eu já tinha visto, eu não me surpreendi nem um pouquinho com aquilo. Charlie, por outro lado, parecia que estava com o cérebro prestes a explodir.

— Ahm, oi — disse o Charlie.

— Charlie, que bom que você está seguro — continuou a cobra. — Eu não posso te ver, estou digitando isso em um computador. A família toda está com você?

— Pai, onde você está?

— Eu estou bem — disse a cobra. — Mas me diga, por favor, que a família toda está segura aí com você.

— Pai, desculpe, mas o robô estava vindo e...

O Charlie nem conseguiu terminar a frase, então eu terminei:

— Eu digitei o código antes — eu disse.

— Quem está falando? — a cobra perguntou.

— É o Jesse Rigsby. Eu trouxe o Charlie e o Eric para o jogo porque o robô estava vindo nos matar.

A cobra ficou em silêncio. Imaginei que o senhor Gregory estava tentando processar o que eu tinha acabado de dizer.

— Eu sinto muito — eu disse. — Foi a única coisa que consegui pensar na hora. O Roger estava prestes a cortar o nariz do Charlie e a sua versão robótica estava olhando para o Eric com uns olhos assustadores e...

— Ele sabe que você está aqui — a cobra interrompeu.

— Quem? O robô?

— Ele está aqui com a gente — o Eric disse.

— Agora? — a cobra perguntou. — Agorinha?

Mesmo a cobra não tendo expressões nem sentimentos, eu pude sentir o pânico do senhor Gregory.

— Sim — eu sussurrei.

— Então eles sabem — a cobra falou sozinha. — Eles vão chegar a qualquer momento.

— Quem vai chegar? Como saímos desse jogo?

— Vocês vão conseguir sair quando o jogo terminar, mas é perigoso — a cobra disse. — Vocês precisam... — a cobra parou de repente.

— Precisamos o quê?

De repente, a cobra piscou e começou a desaparecer e reaparecer. Ela tentava dizer alguma coisa sempre que aparecia.

— E-e-e-e-e-e-e....

Nós três chegamos mais perto.

— O que é?

De repente, ela parou de piscar e sumiu. Nós ficamos olhando para a escuridão por um momento, pensando no que fazer. A cobra, então, reapareceu por um momento e sussurrou uma mensagem com duas palavras.

— Eles chegaram.

CAPÍTULO 10

Cocozinho crocante

— Quem tá aí? — Virei a cabeça na direção da selva, mas não vi ninguém.

— Pessoal, vocês acham que a gente dev... — disse o Charlie.

— Charlie, tá tudo bem? — Eu me virei e vi o Charlie parado no lugar. Só pelo olhar dele, dava para ver que ele estava em pânico, mas sua boca não mexia. Ele tentou terminar a palavra. Então notei que a borda preta da fase tinha começado a se aproximar e estava cobrindo parte da mão esquerda do Charlie.

— Ajuda o Charlie! — eu gritei, apontando para a mão dele.

O Eric logo puxou o Charlie, que, assim que se livrou da escuridão, tomou ar.

— Eu não conseguia mexer nenhum músculo! — Então ele olhou para baixo, para sua mão digital (quer dizer, para sua meia mão digital. A parte que tinha sido coberta pela escuridão tinha sumido).

— O QUE ACONTECEU COM A MINHA MÃO?

— Tá doendo? — o Eric perguntou.

Charlie deu mais uma respirada profunda.

— Não. — Ele olhou bem para o toco de mão. — Não dói. Só que está parecendo uma espátula. Será que vai crescer de novo?

Eu estava ocupado demais olhando para o escuro e não podia responder. O Eric tinha puxado o Charlie uns cinco metros para longe da beirada, mas agora as extremidades pareciam estar vindo na nossa direção.

— Acho que não dá pra ficar aqui — eu disse.

O Eric e o Charlie olharam para cima e, percebendo a mesma coisa, correram para a floresta.

— Será que o SGR está fazendo isso? — o Eric perguntou, enquanto saltávamos por cima das duas primeiras cobras.

— É o que eu acho — respondi, passando por baixo de um tucano.

Correndo pela fase, eu bolei um novo plano. Dentro do videogame ou no mundo real, o nosso objetivo continuava sendo o mesmo: resgatar o senhor Gregory. Mas não poderíamos ajudá-lo se tivéssemos que ficar fugindo do SGR. A minha cabeça se apressou para pensar numa forma de acabar com o robô de uma vez por todas. O Charlie interrompeu meus pensamentos quando derrapou, freando bem na minha frente.

— Tem um problema — ele disse.

Olhei para a frente e vi que tínhamos voltado para o cipó que balançava. O Charlie ergueu a mão-espátula.

— Acho que não consigo me segurar em nada com isso aqui.

— Só dá pra sabe se você tentar — o Eric sugeriu.

— Tá, mas se não funcionar, eu vou voltar para o começo da fase. E aí já era. Se eu morrer agora, provavelmente vai ser pra valer.

Ficamos parados em silêncio por alguns instantes. Por fim, o Eric ergueu o Charlie.

— O que você está fazendo?

— Lembra aquele cara que arremessava cocos na tela do nome do jogo quando você ligou o videogame no porão? Aposto que eu consigo te arremessar pro outro lado do poço!

— Eu não sou um coco!

— Eric, eu não...

Antes de eu conseguir terminar de me opor, o Eric lançou o Charlie para o outro lado do poço, como o King Kong.

— Você viu aquilo? FOI IRADO!

— Eric, você não pode fazer esse tipo de coisa com o seu próprio... — fui dar uma bronca.

— Funcionou, não funcionou? É que... opa, cadê o Charlie?

Olhei para o outro lado do poço e o Charlie tinha sumido.

— CHARLIE! — eu gritei em pânico.

Charlie ergueu a cabeça por trás de uma pedra.

— Aqui! Foi mal, eu vim pegar uma vida extra atrás dessa pedra.

Eu e o Eric nos balançamos para cruzar o poço e encontrar o Charlie. Assim que chegamos lá, o Eric apontou para a abertura de uma caverna à nossa frente.

— O que é aquilo?

— Entrada para a segunda fase! — o Charlie disse.

— Legal! — o Eric começou a andar na direção da caverna.

— Espera — eu alertei. — Ainda não vimos o SGR.

— Verdade.

— E se ele estiver tentando nos fazer entrar na caverna? E se ele estiver esperando a gente lá dentro para pegar um de cada vez?

Aquilo fez o Charlie parar. Ele pensou por um segundo.

— Então o que a gente faz?

— E se a gente desse um jeito de ele vir para cá? — Eu expliquei meu plano: eu e o Eric poderíamos nos esconder atrás da pedra enquanto o Charlie colocava a cabeça dentro da caverna para atrair o SGR. O Charlie então levaria o SGR até a beira do poço e, no último segundo, eu arremessaria o Eric no SGR, derrubando-o no poço.

— Eu tenho outra ideia — disse uma voz atrás de nós.

Todos nós nos viramos, a cobra tinha voltado.

— Seu Gregory Cobra! — o Eric gritou.

— Não temos muito tempo — a cobra disse.

Ele fez um movimento com a cabeça e uma porta apareceu.

— Vocês precisam entrar ali.

O Eric começou a caminhar até a porta, mas eu o segurei.

— O SGR sumiu e agora você aparece — eu disse para a cobra. — Como vamos saber que você é mesmo o senhor Gregory?

— Por favor, só entrem nessa porta — a cobra disse. — Eles podem encontrar esse lugar a qualquer momento.

Aquela não era a resposta tranquilizadora que estávamos querendo ouvir.

— Preciso que você me conte mais sobre isso — disse o Charlie.

— Charlie, escuta — a cobra respondeu. — Eu estou ajudando os caras malvados por enquanto, o que significa que...

— Você tá fazendo o quê?! — Charlie berrou.

— Por enquanto! — a cobra repetiu. — Eles me trancaram num prédio e ficam ameaçando machucar você e a nossa família. Para proteger vocês, eu construí todas as fases da *Ilha Perdida* em vários computadores sem que eles vissem. Pensei que, escondendo vocês dentro do videogame, eu teria a chance de destruir o negócio que eles estão me obrigando a construir, mas a única coisa que eu consegui foi prender você dentro de um mundo que eles podem apagar apertando um botão. E eles estão tentando fazer isso agora mesmo.

— É por isso que está tudo desaparecendo? — eu perguntei.

— É, mas só na primeira fase. Eles descobriram a primeira fase porque eu guardei em um computador em que eu trabalho o tempo todo, mas tem uma fase no jogo que eles não descobriram ainda. A porta é um atalho para essa fase. Por favor. Entrem. Vocês podem entrar em um... — a cobra parou de falar.

— Um o quê? — o Eric perguntou.

Eu balancei a cabeça, não fazia ideia se podia mesmo confiar na cobra, mas precisávamos tomar uma decisão, e rápido. A escuridão já estava chegando no poço.

— Você pode provar que é mesmo o senhor Gregory? — eu perguntei.

A cobra fez que sim com a cabeça.

— Cocozinho crocante.

— Ahaaaaaaaaaam, tá bom — o Eric disse, por fim. — Valeu, seu Cobra. Foi muito útil, mas...

— Cocozinho crocante — a cobra repetiu. — Charlie, você se lembra disso?

O Charlie concordou.

— Da primeira vez que eu e o meu pai zeramos *A Ilha Perdida*, nós fomos tomar sorvete. Eu queria sorvete de chocolate com amendoim caramelizado, mas não conseguia dizer "caramelizado" e achava que os pedacinhos de chocolate no sorvete pareciam cocozinhos. Então fiquei no balcão dizendo sem parar que eu queria sorvete de "cocozinho crocante" até meu pai entender o que eu queria. Nós rimos disso até hoje. — Uma lágrima em forma de bloco apareceu no rosto do Charlie.

Eu coloquei minha mão no ombro dele.

— Charlie, talvez seja o seu pai. Mas, mesmo assim, se passarmos por essa porta, nós vamos ficar seguros, mas não vamos ajudar nem ele nem a sua família. Se seguirmos o meu plano, podemos acabar com o SGR e ainda vai sobrar tempo para resgatar o seu pai.

— Eu confio no meu pai — disse o Charlie.

— Eu não disse que não confio nele, eu só acho que precisamos seguir o plano.

O Charlie se virou para a cobra.

— Eu te amo, pai.

— Te amo de montão, filho — a cobra respondeu.

Assim, o Charlie abriu a porta e entrou.

— Charlie, espera! — eu tentei segurá-lo, mas já era tarde. Olhei para trás e vi que a escuridão já tinha atravessado o poço.

— O que vamos fazer? — o Eric perguntou.

O que mais poderíamos fazer? O Charlie deixou a gente sem escolha. Segui o Charlie e atravessei a porta.

ILHA PERDIDA

PRESSIONE START PARA CONTINUAR

CAPÍTULO II

Toca do leão

Assim que eu entrei por aquela porta, comecei a flutuar. Opa. Tentei segurar a maçaneta para forçar meu pé a voltar para o chão, mas a maçaneta tinha desaparecido. Na verdade, tudo tinha sumido, exceto a coisa azul e as árvores coloridas. Coisa azul e árvores coloridas? Tudo fez sentido de repente: água e corais! Nós estamos debaixo d'água!

Eu entrei em pânico e nadei para cima o mais rápido que consegui, mas havia um teto ali. Uma caverna debaixo d'água?! Meus pulmões começaram a queimar enquanto eu percorria o teto, agarrando nele com as mãos, desesperado, procurando por bolhas de ar.

— Jesse! — o Eric gritou atrás de mim.

Eu parei de me debater por um instante. No verão, eu e o Eric brincamos de um jogo na piscina em que uma pessoa canta alguma coisa debaixo d'água e as outras pessoas têm que adivinhar a música. O Eric faz a mesma coisa todas as vezes: — Blub blub blupripipi blub — aí ele tenta nos convencer que é qualquer coisa: de *Jingle Bells* ao hino nacional. Mas, desta vez, a voz subaquática dele estava bem clara, quase normal. Eu me virei e o Eric e o Charlie estavam flutuando calmamente atrás de mim, usando equipamento de mergulho e nadadeiras.

— Dá pra respirar aqui embaixo — o Charlie disse, dando uma batidinha no seu snorkel.

Eu me estiquei e senti um snorkel na minha boca. Mas chacoalhei a cabeça negativamente. Não, de jeito nenhum. Para funcionar, o snorkel precisa estar com a ponta para fora da água, eu que não seria trouxa.

— É um jogo dos anos 1980, não é realista — o Charlie garantiu.

Por fim, eu respirei fundo (não que eu confiasse no Charlie, mas eu estava quase desmaiando).

— Tá vendo? É bem maneiro! — disse o Charlie.

Agora que eu finalmente podia respirar, aproveitei a oportunidade para dar uma bronca no Charlie.

— O que seria maneiro é se você nos incluísse nas suas decisões, em vez de sair por aí decidindo tudo sozinho!

— Eu não estava decidindo tudo sozinho — o Charlie retrucou. — Eu estava liderando o grupo!

— Bom, você nos liderou para longe da única chance que tínhamos de salvar o seu pai!

— Jesse, fica tranquilo — disse o Eric. — Nós vamos dar um jeito de ajudar o senhor Gregory, tá bom? — Ele então se virou para o Charlie: — Já que estamos aqui embaixo, que tal mostrar o lugar pra gente?

Charlie levou um tempinho para se estabilizar e concordou.

— Esta é uma fase bem legal, na verdade. Venham comigo.

Eu respirei fundo mais um pouco, depois entrei na fila para o passeio. Já que estávamos ali, era melhor aproveitar. Afinal de contas, quantas vezes na vida você tem a oportunidade de respirar debaixo d'água?

O Charlie virou para a frente.

— Cuidado com...

Bem naquela hora, uma coisa com formato de tubarão cinza saiu de um buraco embaixo de nós. Sem pestanejar, Charlie mirou o snorkel na direção do tubarão e soltou uma bolha. Quando a bolha acertou a criatura, o bicho ficou vermelho e desapareceu.

— Espera, você acabou de matar um tubarão assoprando uma bolha nele?! — o Eric perguntou.

— O jogo é de 1986. Eles não se esforçaram muito para que fizesse sentido — disse o Charlie.

O Eric balançou a cabeça.

— Mesmo assim...

Nós detonamos mais dois tubarões e um peixe-espada com as nossas bolhas, até que o Charlie apontou para um baú.

— Olha só — ele disse. — Jesse, você quer ficar com a esfera de invencibilidade desta vez?

Eu entendi que o Charlie estava tentando ser legal comigo para compensar o que tinha acontecido antes, e eu fiquei feliz pela atitude dele. Eu nadei até lá e abri o baú. Mas, em vez de encontrar um círculo brilhante, eu encontrei um pedaço de papel.

— Charlie — eu li em voz alta. — Preciso contar o que está acontecendo caso eu não consiga escapar.

Eu olhei em volta.

— O que mais tá escrito no bilhete? — Eric perguntou.

— Só isso.

— Talvez o resto da mensagem esteja em outro baú! — o Charlie sugeriu.

Ele nadou o mais rápido que pôde até o próximo baú. Dessa vez, foi o Charlie que abriu.

— Max Reuben foi o cara que me sequestrou. — Charlie olhou para cima, confuso. — É aquele cara da *Toca dos leões*?

Eu estava tão confuso quanto o Charlie.

— Acho que sim — eu confirmei com a cabeça. — Isso é muito esquisito. Eu sei que ele é malvado no programa, mas é só um programa, né?

— Que programa? O que é *Toca dos leões*? — o Eric perguntou.

— É um programa de investidores em que uns bilionários dão dinheiro para inventores — eu respondi. Enquanto nadávamos até o próximo baú, eu e o Charlie explicamos que Max Reuben era um bilionário que tinha se apelidado de "Senhor Legalzão" só de sacanagem, porque ele sempre era o mais malvado. Ele fazia propostas e voltava atrás apenas para ser cruel. Ele tirava sarro das pessoas. Uma vez, ele quebrou a invenção de um rapaz de propósito. Parecia que ele estava sempre ensaiando para o papel de um supervilão ou querendo uma vaga em um programa mais famoso.

Charlie se livrou de algumas lulas com o snorkel antes de abrir o próximo baú.

— O Max tem planos malignos para a minha tecnologia.

— Qual é o plano?! — o Eric reclamou. — Fala sério, vamos ter que abrir mais 200 baús para saber a mensagem inteira?

— Calma — disse o Charlie, antes de se espremer para passar por uma pequena abertura na parede. Eu e o Eric fomos atrás. A abertura nos sugou para dentro de uma sequência de tubos antes de nos jogar em uma sala pequena e escura com um baú lá no fundo.

— Lá vamos nós — eu disse, nadando para baixo para abrir o baú.

Não tinha nada.

— Talvez o papel tenha caído em algum outro lugar — o Charlie sugeriu. Ele olhou em volta do baú enquanto eu tateava por dentro.

Quando coloquei a mão dentro do baú, olhei para baixo e vi minha mão. Tinha dedos. Eu a coloquei na frente do meu rosto. Foi aí que notei uma coisa ainda mais estranha: eu conseguia dobrar meu cotovelo.

— Pessoal, o que está acontecendo?

O Charlie virou e até perdeu o fôlego, o que fez o Eric se virar também. Ele então gritou:

— Você está voltando ao normal! — o Charlie disse.

Percebi que a pele da minha mão que tinha entrado no baú estava se espalhando para o resto do meu corpo. Meu peito ficou pesado quando os bloquinhos se transformaram em roupas normais. A água agora parecia fria. Respirei fundo algumas vezes e algumas gotinhas de água entraram pelo meu nariz. Abri a boca para tomar mais fôlego e a água entrou com tudo.

Eu não conseguia mais respirar debaixo d'água.

CAPÍTULO 12

Marsh Mallow

Assim que o Charlie percebeu o que estava acontecendo, ele engatou seu braço de bloquinhos no meu braço de verdade e me arrastou para dentro de outro tubo. Rapidinho saímos do outro lado e começamos a nadar feito uns loucos. O Eric disparou na frente e começou a se livrar dos inimigos com o snorkel. Peixe-espada. Já era. Polvo. Já era. Tubarão.

Oh-ou.

Aquele tubarão não era mais um amontoado de bloquinhos. Ele tinha pele de tubarão de verdade e dentes bem reais. Também não parecia o tipo de criatura que seria abatida com umas míseras bolhinhas na cara.

— Nadem mais rápido! — o Eric gritou.

O Eric deu uma cambalhota debaixo d'água, passando por cima do tubarão. Mas o tubarão não estava preocupado com o Eric, ele estavam mirando em mim e no Charlie.

— Fiquem juntos — o Charlie sussurrou enquanto nos aproximávamos. — Fiquem juntos, fiquem juntos, fiquem juntos.

Ele me segurou por baixo do corpo dele até que o tubarão chegou a meio metro de nós. O tubarão avançou.

— SEPARAR! — O Charlie me empurrou para baixo do tubarão, enquanto ele nadava por cima.

— VAI, VAI!

Alcançamos o Eric, e o Charlie nos levou até outra rachadura na parede. O Eric se espremeu para entrar e o Charlie foi atrás. Naquela hora, meus pulmões já estavam queimando. Eu nunca tinha segurado a respiração por tanto tempo. Nadei até a fenda e dei uma espiada para trás, bem a tempo de ver o ataque do tubarão. Usei toda a energia que eu tinha (e todo o oxigênio que me restava) para dar um último impulso até a fenda.

O tubarão abocanhou uma das minhas nadadeiras, mas eu consegui deslizar pela fenda antes que ele me pegasse.

Sendo puxado pela corrente dos tubos, eu tentava pensar em qualquer coisa que não fosse o fogo que eu sentia no pulmão. Fogo… fogo… fogo… *marshmallow*! Eu conseguia pensar em *marshmallows*! Dá para fazer *marshmallow* no fogo. Eu sou um ótimo cozinheiro de *marshmallows*. O Eric sempre transforma os dele em tochas flamejantes, mas os meus ficam sempre bem douradinhos. Eu deveria cobrar pelos meus *marshmallows*, talvez abrir um restaurante que vendesse *marshmallow* na grelha. Eu o chamaria de *Marsh Mallow*. Poderia ter uma mascote de *marshmallow* enorme, chamado Marsh, que ficaria andando pelo restaurante fazendo truques de mágica e dando balões em formato de *marshmallow* para as crianças. Seria legal.

Quanto mais eu pensava no meu restaurante premiado, mais tonto e alucinado eu ficava. Tudo estava ficando preto. De repente, tudo voltou a ficar claro e vi um garfo vindo para cima de mim pelo túnel. Eu não conseguia decidir se iria para baixo ou para cima. Para baixo ou para cima, para baixo ou para cima? Decidi ir para cima. Para cima é onde fica a terra firme.

Mas assim que comecei a direcionar meu corpo para o tubo de cima, notei uma coisa vindo do túnel debaixo na minha direção. *Marshmallows*. Hum. Que estranho, eu estava agora mesmo pensando em *marshmallows* e agora eles aparecem? Talvez eu pudesse comer um deles.

Espera! Não eram *marshmallows*! Eram bolhas de ar. Provavelmente bolhas de ar dos meus dois amigos que tinham um estoque infinito de oxigênio. Eu precisava mudar a minha rota.

Rápido. Com metade do corpo já no tubo de cima, bati as pernas para chegar no tubo de baixo. Por um segundo, fiquei daquele jeito, com a corrente me forçando contra a fresta. Então, depois do segundo mais longo da minha vida, desci escorregando até o tubo de baixo.

Relaxei de novo. Deslizando pelo tubo, o calor no meu pulmão tinha sumido. Meu peito só estava com uma sensação de peso. E tudo foi se apagando de novo. Eu mal percebi que meu corpo estava saindo do tubo e entrando em outra câmara subaquática. Achei que tinha alguma coisa segurando meu tornozelo. Por fim, tudo ficou preto de vez.

CAPÍTULO 13

O cofre

Quando finalmente voltei a abrir os olhos, percebi que estava deitado no chão. O mundo, que antes era azul, agora estava laranja. Tentei respirar. Deu certo! Espera, será que eu tinha conseguido voltar para o mundo real? Trouxe as mãos para perto do rosto e suspirei. Luvas de cozinha.

— Ele não tá morto! Ele não tá morto! — O Eric e o Charlie bateram as mãos enluvadas por cima do meu corpo.

— O que aconteceu? — eu perguntei, enquanto me sentava.

— O Charlie que te salvou! — o Eric exclamou. — Você estava praticamente frito, mas ele colocou o snorkel dele na sua boca para você respirar até o fim da fase!

— Mas como você... — Olhei para baixo de novo e vi as luvas de forno. — Por que eu voltei a ser um personagem de videogame?

O Eric deu de ombros.

— Quando chegamos nesta fase, você se transformou de novo.

O Charlie continuou explicando.

— Acho que os caras do mal devem ter encontrado o computador com a fase da água e começaram a bagunçar o código.

Olhei em volta e vi que estávamos dentro de outra caverna, mas esta tinha fogo por todos os lados.

— Então a gente só vai continuar correndo de uma fase para outra até que eles matem a gente de vez?

— Não. Primeiro porque não faltam muitas fases pra acabar o jogo. Esta é a penúltima. Mas, o mais importante é que eu acabei de perceber que meu pai disse qual é o lugar onde nós podemos ficar seguros — disse o Charlie.

— É, era a fase em que o Jesse quase se afogou — o Eric disse.

— Não. É no cofre.

— Ele não falou nada de cofre — disse o Eric.

— Ele falou, sim. Lembra quando ele nos disse pra entrar pela porta? Ele disse que poderíamos entrar em um lugar, mas não terminou a frase. Do jeito que ele falou, parecia que ele tinha sido interrompido, mas acabei de perceber que ele estava nos dizendo para entrar no cofre no final desta fase.

— O que você sabe sobre esse cofre? — eu perguntei.

— Na primeira vez que jogamos essa fase, meu pai me mostrou uma passagem secreta que ele tinha encontrado. É tão secreta que ele nunca ouviu ninguém mais falando sobre ela. Ele achava que nem os criadores do jogo sabiam da existência dessa passagem. Enfim, se você pular no ponto exato e começar a andar agachado, você consegue atravessar um ponto na parede e cai num poço enorme cheio de prêmios. O único problema é que não dá pra sair de lá. É por isso que a gente chamava de "cofre".

— Parece uma furada — disse o Eric.

— É uma furada se você quiser zerar o jogo. Mas não se você estiver tentando ficar em segurança.

— Nós não vamos fazer isso — eu disse.

— Como é que é? — Charlie se virou para mim.

Eu me levantei.

— O nosso objetivo é sair do jogo. Não vamos ficar presos em uma sala quando o final do jogo está logo ali.

— Não vamos ficar presos se o meu pai tiver um plano. Se ele acha que esse é o melhor lugar pra gente esperar, então é para lá que nós vamos.

— Charlie, escuta. O seu pai é um cara muito legal. Mas, até agora, tudo o que ele fez para nos deixar seguros deu errado. Talvez ele não pare de colocar a gente dentro dos jogos de videogame porque ele só sabe fazer isso. Mas pode ser que tenha uma outra solução.

O Charlie veio para cima de mim com a voz um tantinho tremida.

— Meu pai é mais inteligente do que nós três juntos seremos em toda a vida. Não fale desse jeito dele. Nunca mais. Você não entende a barra que ele está segurando.

Eu tentei usar minha voz tranquilizadora.

— E você não entende pelo que a gente já passou. Essa é a quarta vez que eu caio dentro de um videogame. Eu quase me afoguei, quase fui esmagado, quase fui cortado em pedacinhos, tudo graças ao seu pai. Eu tô de saco cheio. Talvez seja hora de...

BUM-BUM.

O Charlie interrompeu meu discurso com um empurrão, que me pegou de surpresa, e eu tombei para trás, caindo num quadrado vermelho. Assim que eu toquei no quadrado, uma bola de fogo disparou do chão e me matou.

Quando eu reapareci, comecei a marchar na direção do Charlie apontando o dedo para ele.

— Ah, é assim que você quer brincar?! — o Charlie pareceu assustado. — Ótimo.

— Ei, ei, ei, calma lá! — O Eric veio correndo na minha direção.

— ERIC, FICA AÍ! — o Charlie gritou.

BUM-BUM.

Tarde demais. O Eric foi vaporizado por um morcego cuspidor de fogo que veio mergulhando para cima de nós feito uma bomba. Ele reapareceu do meu lado.

— FIQUEM PARADOS! — o Charlie gritou, em pânico, parecendo perturbado. — NÃO SE MEXAM! — Só temos três vidas nesse jogo, e vocês dois já usaram duas.

— Ahm, e o que acontece se usarmos as três vidas? — o Eric perguntou.

— Vocês... vocês voltam para o começo do jogo.

— Que não existe mais — eu terminei.

Nós três ficamos parados em silêncio por alguns segundos, o Charlie parecia prestes a chorar.

— Desculpa por ter feito isso — ele disse por fim. — É que... eu sei que meu pai está fazendo de tudo para nos ajudar, entende?

— Eu entendo.

— Ele confiou em mim, e eu o decepcionei, porque não consegui resgatar minha família.

— Você não o decepcionou, Charlie.

— E eu preciso que ele saiba que pode contar comigo, que eu vou ajudar... e que eu o amo.

O Charlie tinha desandado a falar, e lágrimas em formato de bloquinhos escorriam pelo rosto dele.

— Sabe quando a cobra disse "Te amo de montão, filho"? Fazia muito tempo que eu não ouvia meu pai dizer isso. Ele sempre falava isso quando eu falava para ele que o amava, e quando a cobra falou, eu percebi que fazia muito tempo que não dizia "eu te amo" para o meu pai. Eu só quero poder falar isso de novo para ele.

— Charlie, olha pra mim... — Charlie ergueu a cabeça e olhou para mim. — O seu pai sabe que você ama ele, tá bom? Ele sabe que pode contar com você. Mais do que isso, nós também sabemos que podemos contar com você. Você vai nos manter vivos nessa fase, e nós vamos ver o seu pai logo, logo.

— Faz muito tempo que eu não jogo esta fase.

— Você consegue. Nós confiamos em você.

Finalmente, o Charlie concordou com a cabeça.

— Tá bom. Venham comigo.

Levou quase uma hora para atravessarmos a fase. Além de ter que lidar com morcegos cuspidores de fogo e com o piso de lava, também tínhamos que desviar da chuva de bola de fogo, de fantasmas em chamas que desapareciam e, à certa altura, de uma onda gigante de magma fervendo. Às vezes, o Charlie só ficava parado com os olhos fechados por vários minutos seguidos, tentando se lembrar da próxima parte. Eu e o Eric sempre esperávamos pacientemente e seguíamos as instruções dele à risca.

Todos nós suspiramos aliviados quando chegamos ao final. Aí o Eric se lembrou de uma coisa:

— Espera, o que vamos fazer com o cofre?

CAPÍTULO 14

Masmorra pedregosa

O Charlie perdeu a votação por dois votos a um. O Eric ficou do meu lado (não porque ele queria sair do jogo, mas porque ele queria ver o último chefão). O Charlie balançou a cabeça, dizendo:

— Isso não está me cheirando nada bem, mas como não posso obrigar vocês a fazerem o que eu quero...

— Obrigado por aceitar a votação — eu disse. — E não se preocupe, vai dar tudo certo.

Passamos pelo portal para entrar na fase seguinte e fiquei preocupado na mesma hora. Talvez não desse tudo certo. Estávamos em uma fase de masmorra pedregosa, que tinha uma música assustadora tocando ao fundo. A fase tinha serras barulhentas, bolas de demolição cobertas de espinhos e um exército de esqueletos balançando suas espadas — e isso era só o que eu conseguia ver na minha frente. Mas ainda mais assustador do que essas coisas eram as falhas na fase: a lâmina de serra, por exemplo, se mexia para baixo e para cima, enquanto ela estava parada lá embaixo, parecia um círculo cheio de bloquinhos de videogame, mas, chegando à metade do caminho, ela balançava e piscava, transformando-se numa lâmina giratória de verdade, com centenas de dentes superafiados. Também notei que os blocos do chão ficavam desaparecendo, reaparecendo e se reorganizando em novos padrões.

O Charlie engoliu em seco.

— Igual da última vez, pessoal. Venham comigo.

Nós controlamos o tempo para passar correndo pelas lâminas de serra e rolamos por baixo da bola de demolição. Quando chegamos ao exército de esqueletos, o Eric apontou para o teto.

— Como vamos chegar lá em cima? — Eu olhei para cima. Era uma esfera de invencibilidade.

— Fica vendo — o Charlie disse. Ele pulou em cima da cabeça do primeiro esqueleto, depois se atirou para cima do segundo, pegando o impulso de que precisava para chegar ao terceiro. No terceiro esqueleto, ele tinha pegado velocidade e energia suficientes para chegar à esfera de invencibilidade. Ele a apanhou, correu de volta para onde estávamos e a entregou para o Eric.

— Que fantástico! — o Eric disse, preparando-se para colocar a esfera no peito. — Vocês sobem nas minhas costas e eu vou usar a esfera para atravessar a fase correndo!

— Sem chance! — eu disse. — Sempre acontece alguma besteira quando tentamos correr. Por enquanto, fica segurando a esfera. A gente usa em alguma emergência. Sacou?

— Humpf.

Infelizmente, a fase toda era uma grande emergência: em dois momentos diferentes, por exemplo, um bloco de espinhos caiu do teto sem aviso e dez lâminas giratórias apareceram por cima das nossas cabeças e se espatifaram no chão de uma só vez. Sempre conseguíamos nos safar sem usar a invencibilidade, mas já estávamos com os nervos à flor da pele.

E aí veio outra falha. De vez em quando, eu começava a me sentir confiante de que iríamos sair da caverna vivos, mas aí o chão começava a tremer, a música ficava toda cortada e alguma coisa estranha acontecia. Uma vez, a fase piscou enquanto eu estava pulando por cima de um poço de espinhos e o lado direito do meu corpo voltou a ser de carne e osso por um instante. O poço não era comprido, mas como meu corpo de verdade não conseguia pular tão longe quanto o meu corpo de videogame, eu quase não consegui atravessar. Eu precisei me agarrar na beirada e me puxar para cima.

— Quanto falta? — eu perguntei para o Charlie, depois da falha do poço.

— Você está quase chegando — disse outra voz.

Nós três olhamos para cima e vimos o senhor Gregory acenando para nós de uma plataforma próxima ao teto. Ele tinha um corpo de verdade, que parecia estar brilhando. De onde nós estávamos, ele parecia quase um anjo.

— Pai?! — o Charlie gritou.

— Rápido, eu vou tirar vocês daqui — disse o senhor Gregory.

— Pai, eu preciso ter certeza de que é você mesmo — o Charlie disse.

— Depressa, não temos muito tempo — o senhor Gregory respondeu.

O Charlie deu um passo na direção da plataforma, e eu o segurei pelo braço.

— E se for o SGR?

— Então é bom que você me salve.

Com isso, o Charlie se sacudiu para se livrar de mim e correu para a plataforma.

— Pai, desculpa pela confusão, eu te amo, e...

— Espera, vocês três precisam subir juntos! — o senhor Gregory disse.

— Só quero ter certeza... — O Charlie deu três passos para se afastar da plataforma, antes de ser derrubado por outro terremoto.

A fase piscou de novo e de repente a plataforma debaixo do senhor Gregory desapareceu. Quando o senhor Gregory caiu, o corpo dele voltou à forma de videogame. E nós perdemos o fôlego quando o vimos atingir o chão, na nossa frente havia um esqueleto de metal com olhos vermelhos brilhantes.

CAPÍTULO 15

Tremor

Eu e o Eric começamos imediatamente a tentar salvar o Charlie.

— A invencibilidade! Agora! — eu gritei para o Eric.

O Eric jogou a bola amarela brilhante para o Charlie. Ou melhor, ele tentou jogar a bola para o Charlie. O cotovelo que ele não tinha transformou o arremesso num tipo de catapulta. Uma catapulta que lançou a esfera para o chão, meio metro à frente dele.

— Você não teve dificuldades para arremessar o Charlie inteiro aquela hora! — eu gritei.

— Isso aqui é mais difícil, porque é menor!

Eu bufei, peguei a esfera da invencibilidade e tentei lançá-la, mas aconteceu a mesma coisa.

Enquanto eu e o Eric sofríamos com a simples tarefa de arremessar uma bola, o Charlie já tinha subido na plataforma para escapar do SGR.

— Pessoal! Aqui em cima!

Naquela hora, o SGR já estava correndo na minha direção e do Eric. Sem entrar em pânico, o Eric deu um passo para trás, avançou correndo e usou a minha cabeça como trampolim para pular na plataforma, como ele tinha visto o Charlie fazer.

— Use a invencibilidade! — ele gritou olhando para mim lá embaixo.

Eu peguei a esfera e estava prestes a usá-la quando o SGR fez um movimento inesperado. Assim que ele entrou debaixo da plataforma onde estavam o Eric e o Charlie, ele atirou o braço dele no ar, segurou a plataforma e se balançou para subir.

— Ele tá chegando! — eu gritei.

O SGR se balançou na plataforma na mesma hora em que o Eric e o Charlie pularam para fora. Eu fui atrás deles e saímos correndo para terminar a fase. Precisei de toda a minha concentração para seguir o Charlie enquanto ele escorregava por baixo de um espinho que saiu da parede, desviava de uma guilhotina-surpresa que rasgou o chão na nossa frente e pulava por cima de um peixe-espada que saltou de dentro do poço (por que tinha um peixe-espada dentro de uma caverna sem água? Essa é uma pergunta excelente que não tive a oportunidade de responder, porque eu estava muito ocupado tentando não morrer.).

Assim que começamos a nos distanciar do SGR, o chão tremeu e a fase piscou de novo. Paramos para esperar o tremor passar, como já tínhamos feito antes, mas dessa vez foi pior, não acabava mais. O chão na nossa frente começou a desabar e eu tentei correr para trás, mas aquela tremedeira toda me fez cair em cima do Charlie. Nós dois nos esforçamos para ficar em pé enquanto o chão tremia e ruía. Era como tentar ficar de pé em uma cama elástica enquanto tem alguém pulando bem do seu lado. Eu derrubei a esfera de invencibilidade e comecei a rastejar.

O desabamento chegou até nós e, assim que o chão debaixo das minhas pernas virou um buraco, uma mão me puxou para longe do precipício. Eu olhei para cima e vi que o Eric tinha nos salvado.

— Valeu — eu disse, quando o tremor parou.

— Não agradeça ainda — o Eric disse, apontando para um poço enorme à nossa frente.

— Não, pode lhe agradecer, sim — disse outra voz.

Nós todos viramos e vimos o SGR caminhando despreocupado na nossa direção. O tremor tinha feito o rosto dele voltar a ser igual ao do senhor Gregory, mas o corpo continuava sendo o de um esqueleto robótico cinza de videogame. Era pra lá de assustador.

— Acho bonito que você queira mantê-lo vivo para que eu possa terminar o meu trabalho. — O braço do SGR disparou e a sua mão de garra me pegou.

Bem naquela hora, uma das guilhotinas-surpresa que vimos antes caiu do teto e decepou metade do braço do SGR, a garra me soltou.

— Há! — o Eric riu e deu um passo à frente. — Se ferrou de novo! Bem na hora que você achou que ia...

O Eric não conseguiu terminar a frase porque o SGR lançou a outra mão e agarrou o pescoço do meu amigo.

— Chega. De. Falar.

Aquilo não era bom. Nada, nada bom. Desesperado, tentei arranjar um jeito de resgatar o Eric, e foi aí que eu notei a esfera da invencibilidade jogada no chão, quase ao meu alcance.

O SGR levantou o Eric do chão do mesmo jeito que tinha feito com o Charlie no porão.

— Você tem uma boca muito grande, e eu não vejo a hora de fechá-la para sempre.

Eu avancei na direção da bola amarela, deslizei minha mão de luva de forno por cima dela e comecei a puxá-la na minha direção. Eu estava quase conseguindo quando o SGR percebeu.

— EI! — Ainda segurando o Eric, ele lançou o braço ainda mais longe, usando-o para me agarrar e me prender junto dele.

— Por favor, solta eles — o Charlie implorou, caminhando na direção do SGR.

— Charlie, Charlie, Charlie — o SGR balançou a cabeça. — As coisas estavam tão legais entre nós.

— Sou eu que você quer, não é? — disse o Charlie.

— A gente jogava bola, contava piadas. Eu era como um pai de verdade pra você, não era? Na verdade, eu estava sempre por perto, então eu era até melhor do que seu pai de verdade.

— Para de falar do meu pai e me diz o que você quer.

— Quero que você veja quando eu matar os seus amigos.

Os olhos vermelhos do SGR brilharam forte e o braço dele apertou ainda mais o meu peito. Eu não conseguia respirar, mas tentei trazer a esfera de invencibilidade para perto do peito, e não consegui, porque o SGR estava esmagando o meu braço. Tudo em volta começou a ficar escuro. O Eric estava gritando, o Charlie estava gritando, mas todas as vozes começaram a se misturar e ficar distantes. Então o Charlie disse algo que me despertou:

— PAPAI!

Eu abri meus olhos e vi uma mancha enorme atrás do Charlie. A cobra de novo? Apertei os olhos para enxergar melhor e vi que não era a cobra, mas um peixe-espada gigante flutuando em cima do poço, atrás do Charlie. O SGR pareceu surpreso.

— O que...

Antes que o SGR pudesse terminar de perguntar, o peixe-espada o vaporizou usando os seus olhos laser. Ouvimos um *BUM-BUM* e o SGR desapareceu.

— Uau! — o Eric se espantou. — Melhor momento pra aparecer! Você salvou mesmo a nossa pele, senhor Gregory!

O peixe-espada olhou para o Eric e começou a falar, sua voz era muito mais grave e assustadora do que a da cobra.

— Eu não sou o senhor Gregory.

Então o peixe pulou para fora do poço e espetou nós três de uma só vez.

ILHA PERDIDA
PRESSIONE START PARA CONTINUAR

CAPÍTULO 16

Senhor Legalzão

Eu dobrei meu braço, toquei o meu nariz, estralei meu pescoço. Tudo estava funcionando. Então ou eu estava no mundo real ou estava no céu.

Abri meus olhos e imediatamente fechei. Muita luz. Talvez eu estivesse no céu.

Clap. Clap. Clap.

Eu apertei os olhos e sentei. Um tiozão gorducho, que vestia uma camiseta por dentro da calça jeans, estava parado em cima de mim, do Eric e do Charlie, batendo palmas bem devagar. Era o Max Reuben, o bilionário da TV.

CLAP-CLAP-CLAP.

Os aplausos tomaram todo o ambiente. Havia mais de uma dezena de caras de terno seguindo o exemplo do chefe e batendo palma feito uns lunáticos. Eu esfreguei os olhos e tentei entender onde tínhamos ido parar. A sala grande e vazia parecia um lugar onde antes trabalhavam dezenas de funcionários, os rastros dos cubículos e escrivaninhas deixaram manchas nos carpetes.

A única coisa nova era uma torre alta e complicada bem no meio da sala. Parecia algo que eu tinha visto no laboratório do senhor Gregory na Bionosoft, mas além das telas e luzes de antes, a torre também tinha fios que iam até as portas em volta da sala. Muitas portas. Pelo menos umas cinquenta, uma do lado da outra nas quatro paredes da sala, com um fio saindo de cada uma delas e indo até a torre.

Os aplausos se encerraram e o Max estendeu a mão para nos ajudar a levantar.

— Oi! Eu sou o Max da TV.

Nós levantamos sem a ajuda da mão dele.

— Cadê o meu pai? — Charlie perguntou.

— Ele está aqui — o Max disse. — Mas tivemos que afastá-lo enquanto tentávamos tirar vocês daquele jogo velho e ultrapassado. Estou feliz por vocês estarem seguros.

O Charlie cruzou os braços e fez uma careta. Eu fiquei pasmo com a tentativa dele de parecer malvado.

— Você ainda está chateado por causa do seu pai? — o Max perguntou. — Eu realmente precisava que ele trabalhasse para mim por algumas semanas, mas não queria que você ficasse mais sem o seu pai. Sei que ele tem te deixado sozinho ultimamente.

O Charlie ficou parado em silêncio, de braços cruzados, visivelmente tremendo.

— O papai-robô não serviu para você? — Max perguntou. — Eu queria muito que tivesse servido.

— Por que você precisa do pai do Charlie? — Eric perguntou.

— Ele está me ajudando em um plano importante — disse o Max, arregalando os olhos. — Querem saber qual é o plano?

— Não! — eu gritei. Eu já vi muitos filmes e sei que quando o vilão conta o plano dele para alguém é o fim da linha. Ele tem que matar todo mundo que saiba sobre o plano. Essas são as regras.

— Vamos escutar — o Eric disse.

— Nada de plano! — eu gritei.

— Só um tiquiiiiinho do plano? — o Max fingia implorar.

— NÃO!

— Tá, beleza, por que não? — o Eric disse.

— ERIC!

— Talvez seja um bom plano — o Eric respondeu sussurrando.

O Max esfregou as duas mãos.

— Ah, é um bom plano, sim! Por onde começamos? Primeiro…

— NADA DE PLANO! — eu interrompi. Foi tudo que eu consegui dizer antes de um dos caras de terno colocar a mão gigante na minha boca. — HUMMMMM MFFFFFF MFFFF!

— Obrigado, Daryl — disse o Max para o cara de terno. — Além disso, antes de continuarmos, eu gostaria de dar as boas-vindas em nome de todos nós da sede da Agência de Investimentos Max, em São Francisco, na Califórnia. Sejam bem-vindos.

— Obrigado! — disse o Eric.

Ele parecia mesmo estar curtindo aquilo tudo. Eu não conseguia entender qual era o problema dele.

— Temos uma das melhores estruturas da cidade. Adoraria acompanhá-los em uma visita algum dia, em uma situação melhor.

— Droga! Sem visita? — choramingou o Eric.

— Eu tenho milhares de empregados. São pessoas maravilhosas, mas alguns deles talvez sejam, digamos, um pouco caretas em relação ao que estamos fazendo aqui no 56º andar.

— E o que vocês estão fazendo aqui? — o Eric provocou.

Max sorriu para mim.

— Tá vendo o seu amigo... — Ele se virou. — Você é o Eric, certo?

Eric deu um baita sorriso, orgulhoso porque um bilionário sabia o seu nome.

— Isso aí!

— O seu amigo Eric é uma pessoa bem cabeça aberta. Você deveria aprender com ele.

— As pessoas dizem isso o tempo todo — Eric disse.

O Max passou os braços pelo ombro do Eric.

— Eric, você sabe o que eu faço, não sabe?

— Sei, você está naquele programa *Toca dos Tubarões* na TV.

O Max se assustou e tirou a mão do ombro do Eric, como se ele tivesse acabado de insultar a sua mãe.

— A TOCA DOS LEÕES! — ele gritou. — NÃO OUSE NUNCA MAIS... — Ele parou e se recompôs. — Eu acho que essa tal de *Toca dos Tubarões* não chega aos pés do nosso programa.

— Ah, claro. Acho que a Cova do Leão...

— TOCA DOS LEÕES!

— Eu também acho que a *Toca dos Leões* é muito melhor. O Max relaxou um pouco.

— Isso mesmo. Enquanto naquele outro programa de investidores eles se preocupam com torradeiras e vassouras, nós estamos mudando o mundo. Uns anos atrás, eu investi em uma empresa que, além de mudar o mundo, podia mudar o rumo da história da humanidade.

— A Bionosoft? — o Eric perguntou.

— Dá para ver que você é um garoto bem inteligente. Sim, a Bionosoft. Eles fazem coisas incríveis. Aquele tal de Hindenburg, que cria mundos de videogames perfeitos? Genial. Uma ideia bilionária. A tecnologia de levar as pessoas para dentro dos jogos de videogame? Talvez seja uma ideia trilionária. O problema é que nós estamos pensando pequeno.

— O Jevvrey Delfino nos falou sobre jogos em que as pessoas podiam pagar para entrar — o Eric disse.

— Exato. Uma realidade virtual um pouquinho melhor. Nem se compara — o Max disse. — Mas eu o fiz continuar trabalhando naquilo porque eu tinha outros planos. Tudo estava quase pronto quando vocês dois praticamente destruíram a empresa.

— Nós só queríamos ajudar o nosso amigo — o Eric apontou.

— E ninguém culpa vocês por isso — disse o Max. — Talvez tenha sido culpa minha terem levado o Mark. Eu estava pressionando demais para acabarem logo e eles tentaram fazer as coisas do jeito mais fácil e cometeram alguns erros. Mas está tudo bem agora, porque o meu pessoal conseguiu tirar do prédio o maior trunfo da Bionosoft antes de a polícia chegar.

Ele fez um sinal na direção da porta e uns caras de terno do outro lado deviam estar esperando por aquilo, porque, assim que ele fez, dois caras de terno entraram com o senhor Gregory.

— PAI! — o Charlie gritou. Ele tentou correr em direção ao pai, mas um cara de terno o segurou.

O senhor Gregory parecia derrotado. O cabelo dele, que normalmente era espetado e volumoso, estava todo caído e bagunçado. Parecia que ele não fazia a barba há um bom tempo, mas em vez de uma barba normal, o rosto dele estava coberto de tufos falhados. O olhar dele se entristeceu quando nos viu.

— Por que vocês não entraram no cofre? — ele sussurrou com uma voz rouca.

Antes que conseguíssemos responder, o Max continuou o discurso dele:

— O senhor Alistair Gregory esta me ajudando há algumas semanas com os toques finais na minha obra-prima.

— E o que é?! — o Eric perguntou, parecendo não estar nem aí para a aparência do senhor Gregory. — Qual é a obra-prima?

Eu estava cansado do Eric. Além de fazer amizade com um supervilão que tinha acabado de admitir ter sequestrado o pai do nosso amigo, agora ele também estava colocando a nossa vida em perigo ao tentar fazer aquele maluco falar. Eu tirei a mão do cara de terno da minha boca e gritei:

— CHEGA! SE ELE CONTAR, ELE VAI TER QUE MATAR A GENTE!

O Max veio andando até onde eu estava e deu um tapinha nas minhas costas.

— É disso que você está com medo? Não se preocupe. Não vou contar nada pra vocês, eu vou mostrar.

Naquele instante, outra porta se abriu do outro lado da sala. Quem entrou foi a mãe de mentira que eu tinha encontrado no parque mais cedo. Atrás dela vinham cinco caras de terno cercando um grupo de pessoas. De canto de olho, Charlie viu quem eram, antes de mim, e começou a gritar:

— NÃO! NÃO, POR FAVOR, NÃO!

Os caras de terno se afastaram, abrindo uma distância que me permitiu ver três crianças agarradas às pernas de uma mulher.

O Charlie teve então um colapso:

— MÃE!

CAPÍTULO 17

Senhor Nada Legalzão

O senhor Gregory correu na direção da sua mulher e filhos, mas os caras de terno bloquearam o caminho. Quando ele tentou lutar para passar, foi imobilizado. O Max se aproximou do senhor Gregory, balançando a cabeça.

— Eu tentei ser legal. Você sabe disso...

— Dá licença! — o Eric interrompeu.

O Max o fuzilou com um olhar irritado.

— Como eles chegaram até aqui? — o Eric perguntou.

— Eles quem?

— Eles. — O Eric apontou o dedo para a família do Charlie, que estava apavorada. — Nós moramos bem longe de São Francisco e eles chegaram aqui supermegarrápido.

A expressão irritada de Max virou uma expressão de orgulho.

— Ah, por teletransporte! Vocês inclusive nos ajudaram com isso.

— Ah, é? — O Eric parecia orgulhoso por ter contribuído.

— Na aventura que vocês tiveram em *Solte as feras*, vocês nos mostraram que esta tecnologia pode ser usada para teletransporte! É só colocar alguém num videogame aqui e tirá--la em outro lugar. Outra ideia bilionária! Na última semana, o Alistair nos ajudou a construir portas de teletransporte de conexão rápida que levam a vários lugares do mundo. Nós as chamamos de postos de controle — disse Max, apontando para as portas uma do lado da outra na sala. — Outra vantagem de ter esse cara aqui por perto. — O Max bagunçou o cabelo do senhor Gregory.

Então ele ficou sério assim que desviou a atenção para o senhor Gregory.

— Como eu estava dizendo, Alistair, você que provocou isso. Se você tivesse terminado o nosso projetinho, eu teria cumprido a minha promessa. Mas combinado é combinado...

— Para onde vai essa aqui? — o Eric interrompeu outra vez. Ele tinha ido até o final da parede do lado esquerdo e estava segurando uma das portas abertas. Um brilho azul, vindo do outro lado, iluminava metade do seu rosto.

— Fecha isso aí! — o Max gritou.

Um cara de terno tirou a mão do Eric com tudo e fechou a porta.

— Foi mal — o Eric disse. — Eu só queria saber aonde a porta levava.

O Max pareceu irritado de novo.

— Acho que vai para Dubai, mas você não pode ficar tocando nas coisas por aqui!

— Dubai fica perto de Washington?

— Quê? Não, fica no Oriente Médio.

— Você tem alguma porta que leve até Washington?

— Esta aqui! — O Max bateu na porta atrás dele. — E se eu ouvir mais um pio seu, eu vou te amarrar, abrir esta porta e jogar você no fundo da baía, lá em Washington, estamos entendidos?

O Eric concordou com a cabeça e não deu mais nenhum pio.

O Max voltou a olhar para o senhor Gregory, as perguntas do Eric tinham acabado com o resto da paciência dele.

— Olha, faz algumas semanas que você está falando que o projeto não está pronto. Eu acho que está, e nós vamos descobrir do jeito difícil.

— Por favor, me dê só mais um tempinho, eu prometo que...

— Chega de ser o senhor Legalzão — disse o Max.

Então ele se virou, respirou fundo, sorriu do jeito falso que estava sorrindo antes e começou a caminhar na direção da família do Charlie.

— Olá, crianças!

Todas as crianças se aproximaram ainda mais da mãe.

O Max se ajoelhou.

— Algum de vocês quer ter superpoderes?

Eles não responderam, mal conseguiam respirar. Uma das irmãs do Charlie enfiou o rosto nas pernas da mãe dela.

— Não fique com vergonha! Vocês já devem ter pensado nisso! Vocês podem ter qualquer superpoder que quiserem. Voar! Ficar invisível! Ter superforça! O que vai ser?

Silêncio por um segundo. Então uma voz baixinha disse:

— *Stái Uáis?*

O rosto do Max brilhou e ele olhou para o irmãozinho do Charlie, o Christian.

— Isso! *Star Wars*! Como em *Star Wars*! Você quer conhecer o *Star Wars*, rapazinho?

— Não fale com ele, Christian! — o senhor Gregory gritou.

Christian não falava, mas ele deu um leve aceno de cabeça para o Max.

O Max deu um sorriso ainda maior.

— Então vai ser *Star Wars*! — Ele pegou o Christian pela mão.

A mãe do Charlie se esticou para alcançá-lo, mas os caras de terno a seguraram. O Max passou andando com o Christian na frente do senhor Gregory, que também estava lutando contra os seguranças.

— Está tudo pronto, Alistair?

— Max, por favor, é perigoso. Se você me der mais algumas horas...

— Que tal alguns segundos? — o Max retrucou. Ele tinha ido até o outro lado da sala e aberto uma porta. Era a maior porta de todas (na verdade, era uma daquelas portas duplas que pareciam ter saído do castelo do Drácula). E em vez de ter uma luz azul do outro lado, era uma luz vermelha agitada, parecia lava. Naquele instante, Christian estava mudando de ideia. Ele tentou escapar, mas Max o segurou mais firme pelo braço.

— Max... — o senhor Gregory tentou.

— Dez. Nove. — Max começou a fazer uma contagem regressiva bem devagar.

O senhor Gregory correu na direção da torre no meio da sala e começou a digitar com fúria.

— Espera! Me dá só um minuto!

— Oito. Sete.

O senhor Gregory girou uma das telas para o seu rosto.

— Ainda não foi inicializado! Ele vai queimar lá dentro!

— Seis. Cinco.

O senhor Gregory se jogou do outro lado da torre, desligou um dos cabos e inseriu em outra entrada. Uma luz começou a piscar na torre, depois outras três luzes acenderam e de repente algo apareceu.

— Quatro. Três.

Três telas ganharam vida, mostrando um planeta de terra vermelha.

— Dois.

— Christian, o papai te ama de montão! — o senhor Gregory gritou.

— Um.

— Eu vou tirar você daí! Só não...

Antes que ele pudesse terminar, Max jogou o garoto na luz vermelha e fechou a porta.

CAPÍTULO 18

Planeta Poço Sem Fundo

Por mais ou menos dez segundos, tudo ficou em silêncio. O senhor Gregory ficou olhando para uma das telas e, por isso, todo mundo olhou para ela também. Até os caras de terno pareciam nervosos, com medo de que o Charlie não resistisse. Por fim, a tela piscou e um garotinho apareceu no planeta deserto. Todo mundo na sala suspirou aliviado. O senhor Gregory começou a conferir as telas e digitar em três teclados ao mesmo tempo.

O Max passou ao lado do senhor Gregory e deu um safanão ultramegadebochado nas costas dele.

— Uau, funciona direitinho, né?

— Está consumindo muita energia — disse o senhor Gregory sem olhar para cima.

— Aham, tenho certeza de que você vai resolver — Max respondeu. — E é melhor que resolva, porque em meia hora vou jogar outro filho seu lá dentro.

— Dentro de onde? — o Eric perguntou, desrespeitando a regra de "nem mais um pio" para fazer mais uma pergunta idiota. — Para onde ele foi?

— Eric, chega! Você é surdo? — eu gritei.

O Max se virou na minha direção.

— Você está preocupado que, contando o resto do meu plano, eu tenha que matar vocês? Tudo bem! Eu vou te contar.

Ops.

Max apontou para a porta enorme dentro da qual ele tinha acabado de jogar o Christian.

— A porta leva ao Reubenverso. É um universo que eu construí com a ajuda de um exército de Hindenburgs. Tem o planeta Star Wars, o planeta Lego, o planeta dos macacos, o planeta onde dá para comer tudo o que você quiser sem passar mal. Ou seja, tem tudo o que qualquer um possa desejar no Reubenverso, o que é muito bom, porque todo mundo vai para lá logo, logo.

— Todo mundo quer dizer... — Eric perguntou.

— Assim que eu der o comando, todo mundo que estiver a uma distância de cinquenta centímetros de uma tela vai ser automaticamente transportado para o Reubenverso, querendo ou não. Eu chamo isso de "Rapto Reuben". Com todos os celulares, computadores e TVs do mundo, estamos calculando que vamos conseguir colocar oitenta por cento da população mundial na primeira tentativa.

Olhei para o senhor Gregory, que estava digitando furiosamente para manter o filho vivo.

— Isso não é possível, né? — eu perguntei.

O Max respondeu pelo senhor Gregory.

— É possível se tivermos muitos computadores poderosos, que eu já comprei; e a motivação certa para o seu talento.

— Max apontou para Christian na tela. — O que eu consegui agora.

— Ah, que ideia legal — Eric disse, parecendo bajular o Max para poder virar um príncipe ou algo do tipo nesse novo universo. — Mas por quê?

— Hum, por que eu criaria um universo onde todos os presidentes, reis e ditadores do mundo teriam que me obedecer? Por que eu criaria um universo onde eu decido tudo: quem tem dinheiro, quem tem comida, quem vive, quem morre, baseado no jeito como as pessoas me tratam? Por que eu criaria um universo onde qualquer sonho que eu tiver pode se tornar realidade em um segundo? Não sei. Pergunta difícil.

Depois daquele discurso, eu me senti tonto. O rosto do Charlie ficou branco. A senhora Gregory estava de olhos fechados, mexendo a boca como se estivesse rezando. Metade dos caras de terno parecia prestes a vomitar, aparentemente, aquela era a primeira vez que eles ouviam o plano todo também. A única pessoa que ficou inalterada foi o Eric, que continuou sorrindo feito bobo.

— Mais alguma pergunta? — o Max perguntou.

— Só isso, obrigado! — o Eric respondeu.

O Max virou para mim e deu de ombros.

— Então acho que eu não tenho outra escolha, a não ser te matar. — Ele fez um gesto para os caras de terno. — Vamos experimentar o Planeta Poço Sem Fundo.

Os caras de terno nos pegaram pelo ombro, mas dessa vez eles não foram tão firmes, eles pareciam abalados de verdade.

Eu também estava abalado, mas não tanto por causa do plano maligno. Quer dizer, claro que o plano era maligno. Talvez o plano mais maligno que eu já tinha ouvido. Antes eu pensava que explodir o mundo inteiro era a pior coisa que um supervilão podia fazer, mas prender toda a humanidade dentro de um videogame para esse supervilão poder curtir um barato? Aquilo era outro nível de supermaldade.

Mas o que mais me chocava era a traição do meu melhor amigo. Além de ser o meu melhor amigo desde sempre, eu e o Eric provavelmente já tínhamos enfrentado mais encrencas do que qualquer dupla de amigos de todo o planeta. Assim, nós derrotamos um exército de louva-a-deus alienígenas, e isso nem estava entre as dez coisas mais malucas que tínhamos feito nos últimos cinco meses. Aí, em cinco minutos, ele joga tudo fora. E por quê? Eu ainda não tinha entendido. Será que ele achava que o Reubenverso seria legal? Ele parecia empolgado até enquanto estávamos sendo levados para a Maldição do Poço Sem Fundo. Qual era o problema dele?

Foi então que eu entendi.

Sabe aquele momento dos filmes em que o herói junta as peças do quebra-cabeça e o tempo passa devagar? Os passos fazem um eco e a câmera chega tão perto de um detalhe tão pequeno que ninguém sem a visão do Super-Homem ou a habilidade de desacelerar o tempo poderia notar? Sempre achei que isso era uma coisa boba que só acontecia nos filmes, mas aconteceu de verdade quando percebi que o Eric ainda estava usando a porcaria do relógio-espião.

Na vida real, eu provavelmente não conseguiria ver nada além do relógio. Mas no modo filme ampliado e em supercâmera lenta, notei uma luzinha de gravação vermelha piscando e, depois, notei o cronômetro: cinco minutos e quatro segundos.

O Eric tinha gravado a coisa toda!

ILHA PERDIDA
PRESSIONE START PARA CONTINUAR

CAPÍTULO 19

A Casa Branca

O Eric percebeu que eu tinha visto o relógio e piscou para mim. Eu ainda não conseguia entender o plano dele, já que a gravação não serviria para muita coisa se nós caíssemos num poço sem fundo. Mas eu nem precisei entender o que o Eric tinha planejado, porque ele revelou para todo mundo assim que conseguiu chegar perto da porta de Washington. Ao passarmos pelo posto de controle, o Eric esticou a mão e puxou a porta, que bateu no cara de terno que o segurava. O cara deu uma tropeçada rápida, tempo suficiente para o Eric se livrar, rolar até a luz azul e desaparecer.

Meu amigo escapou tão rápido que ninguém teve tempo para entender o que tinha acontecido. Eu senti o cara de terno me soltar um tantinho, dando chance pra eu me esquivar e me soltar também. Assim que eu coloquei um pé na luz, comecei a ser sugado. Tentei alcançar o Charlie, mas o segurança que estava com ele o afastou de mim.

— Charlie! — Eu me debati tentando voltar para dentro da sala, mas o tranco era forte demais.

A luz me sugou. Eu dei umas cambalhotas e fui cuspido em um piso de madeira que parecia um tobogã.

Antes mesmo de conseguir entender onde eu estava, o rosto do Eric apareceu na minha frente.

— Cadê o Charlie?

Uma mão apareceu na soleira da porta: uma mão gorducha, com certeza não era a mão do Charlie. Antes que o corpo conectado àquela mão pudesse entrar, o Eric fechou a porta. Bom, pelo menos ele tentou... A porta não fechava completamente por causa do braço que estava preso ali.

— AHHHHHHH! — alguém gritou do outro lado.

Mesmo com o Eric empurrando todo o peso dele contra a porta, o braço foi se enfiando cada vez mais para dentro da sala em que a gente estava. Então uma cabeça deu uma pancada e a porta abriu ainda mais. Eu corri até lá e empurrei o braço pra fora com toda a minha força e finalmente consegui fazê-lo deslizar de volta para dentro da luz azul. Com a mão fora do caminho, o Eric conseguiu fechar e trancar a porta.

Eu e o Eric nos jogamos no chão para tomar fôlego, levantando uma nuvem de poeira. Parecia que estávamos em uma velha mansão, como aqueles lugares históricos chatérrimos que fazem a gente visitar com a escola quando todos os passeios legais já acabaram. Quando meus olhos se adaptaram ao ambiente, vi que tínhamos saído no armário de um quarto gigante e coberto de teias de aranha.

— Será que é a Casa Branca?! — Eric exclamou.

— O quê? Claro que não. Você acha que colocariam uma porta dessas na Casa Branca?

— É uma mansão em Washington, capital do país! Com certeza é a Casa Branca. Poxa, que sorte a nossa, hein?!

— Não é a Casa Branca! Olha só! — Puxei o Eric até a janela e ficamos espiando. A nossa janela dava para um quintal tomado de mato e árvores retorcidas. Espiando pelo cantinho, deu para ver que a casa estava coberta de hera descuidada.

— Talvez seja uma parte da Casa Branca que a gente não vê — sugeriu o Eric.

BANG!

Viramos e vimos a porta do armário começar a se curvar.

— Será que dá pra gente sair daqui agora?! — eu gritei.

BANG!

A porta rachou um pouco e nós saímos correndo do quarto e descemos uma escada em caracol. Enquanto corríamos para atravessar a biblioteca da mansão, tentei entender o plano do Eric.

— Por que você quis vir para a capital? Você conhece alguém que pode ajudar a gente?

— Conheço — Eric disse, ficando para trás porque ele não parava de tentar encontrar passagens secretas, tocando em tudo que estava nas prateleiras. — Vamos mostrar a gravação para a única pessoa que pode nos ajudar.

— Boa! Você tem algum parente que trabalha no FBI ou alguma coisa assim? — Eu vi a porta da frente do outro lado do saguão e corri naquela direção. Destranquei assim que ouvimos a porta do armário sendo arrombada e os passos fortes dos seguranças entrando aos montes no quarto. Corremos para fora e vimos um céu cinzento e uma chuva insistente.

— Não, vamos levar para alguém melhor ainda — o Eric disse. — Para o presidente!

Eu parei com tudo.

— Para quem?

— Para o presidente! Ele é a única pessoa que tem poder para acabar com o Max Reuben! — O Eric sorriu. Ele estava tão orgulhoso de si mesmo. Meu coração se despedaçou.

— Vai, se esconde nos arbustos — eu disse, empurrando o Eric na direção de uma moita espinhenta ao lado da casa.

— O quê? Não, eu... ai! Machucou! Espera aí... ai!

Um cara de terno apareceu na porta da frente e eu tapei a boca do Eric com a mão. O cara de terno olhou para os dois lados, falou no rádio e saiu correndo rua abaixo. Alguns segundos depois, mais quatro caras de terno saíram correndo e se espalharam pela vizinhança. Assim que as coisas se acalmaram, eu virei para o Eric e falei do jeito mais calmo possível:

— Existe uma probabilidade de zero por cento de conseguirmos falar com o presidente sem sermos presos ou levarmos um tiro.

O Eric balançou a cabeça.

— Escuta, vamos entrar na Casa Branca e mostrar o vídeo para o pessoal do Serviço Secreto. Aí nós vamos…

Eu parei de prestar atenção e comecei a brincar com uma bola de golfe que estava no meu bolso, enquanto pensava em formas de nos tirar daquela enrascada. Podíamos tentar mostrar a gravação para o FBI. Onde era a sede do FBI? Na verdade, talvez fosse mais fácil achar o Pentágono, porque tinha forma de pentágono. Talvez nós pudéssemos…

Então eu percebi uma coisa e deixei escapar um suspiro assustado.

— Isso aí! Eu sabia que você iria gostar da ideia! — Eric comemorou.

— Não, eu odiei a sua ideia — eu disse, tirando a mão do bolso devagar.

— Então talvez você não tenha entendido. Olha, a gente só precisa…

— Eric — eu interrompi —, eu não estava com uma bola de golfe no bolso hoje de manhã.

— Tá, e daí?

Eu abri minha mão e mostrei uma esfera amarela brilhante para ele.

Agora foi o Eric que suspirou assustado.

— Você trouxe isso do jogo?

— Pelo jeito, sim. — Olhei para a esfera, maravilhado, quando cheguei a outra conclusão. — Sei para onde podemos levar a gravação.

— Para onde!?

— Temos que atravessar o armário outra vez.

CAPÍTULO 20

Duru Duri

— Fale a senha de novo — eu orientei.
— Banana.
— Certo. E você só vai voltar quando ouvir a senha, tá bom?
— Claro.
— Não importa o que aconteça?
— Não importa o que aconteça.

Eu acenei positivamente com a cabeça e disse o que as pessoas dizem logo antes da última grande cena de ação de qualquer filme de espionagem:

— Vejo você do outro lado.

O Eric me deu um soquinho com o punho.

— Positivo e operante, parceiro.

Ele desapareceu ao virar a esquina e começou a escalar a hera. Eu esperei até ouvi-lo chegar ao toldo, então segui em direção à porta da frente. Com um pouco de sorte, os seguranças estariam nos procurando do lado de fora, o que deixaria a porta sem qualquer vigilância.

Quando cheguei ao pórtico e espiei pelo canto, lembrei que eu não era um cara de sorte. Dois caras de terno estavam cuidando da porta. Eu me abaixei perto da parede e tentei pensar em outro jeito de entrar. Foi aí que me lembrei de *Agente das trevas*, um jogo de espionagem que o Eric me obrigava a vê-lo jogar. No jogo, o Eric entrava de quarto em quarto, todos cheios de guardas, criando distrações. Como ele distrairia aqueles guardas profissionais treinados? Jogando uma latinha na parede. "O que foi isso?", os guardas bobos do jogo diriam. Então o Eric entraria escondido, enquanto eles investigavam a latinha.

— Eles caem nessa toda vez! — eu diria. — É tão absurdo.

— Jesse, é assim que funciona no mundo real. Um espião de verdade foi consultado para ajudar a criar o jogo, falou?

Sem mais opções, eu decidi tentar uma vez. Não vi nenhuma latinha dando bobeira por ali, mas tinha um montão de pedras no chão. Peguei uma das pedras maiores, deslizei para trás do arbusto e mirei em uma poça enorme na calçada.

SPLUUUUUSH!

— O que foi isso?

Até aí, tudo estava indo bem. Esperei que os caras de terno fossem verificar o barulho, mas eles não se mexeram. Por fim, peguei outra pedra e tentei de novo.

SPLUUUUUSH!

Dessa vez, os caras de terno viram a água esguichando da poça. Mas em vez de ir até lá conferir, eles seguiram a rota de voo da pedra até o meu arbusto.

— Ali! — um deles disse, apontando bem na minha direção.

Eu sabia que jogos de videogame eram absurdos.

Os caras de terno desceram as escadas correndo.

— Cadê o outro? — eles gritaram.

Eu me agarrei à esfera de invencibilidade, mesmo sabendo que ainda era cedo para usá-la. Eu precisava me segurar nela até chegar ao quarto, para dar tempo de passar pela porta. Quando os caras de terno saíram correndo pelo pórtico, tentei surpreendê-los, correndo na direção deles. Um dos caras de terno se abaixou, fazendo uma pose defensiva de basquete, enquanto o outro vigiava a calçada, para evitar que eu corresse para o outro lado da rua. Eu corri mais rápido e, assim que cheguei no cara fazendo pose de basquete, eu girei para o outro lado. Ele agarrou o meu braço, mas o movimento do giro o fez se afastar antes de conseguir me puxar. Eu passei derrapando pelo outro cara, que achou que eu tentaria correr para o outro lado da rua, e disparei para dentro da casa.

— Tem um entrando na casa — ouvi um deles falando no rádio.

Ótimo. Talvez ele estivesse falando com um ou dois caras que estavam no quarto.

Quando cheguei ao saguão, descobri que ele não estava falando com um ou dois caras no quarto, mas com possivelmente todos os seguranças que o Max Reuben já tinha contratado. Estavam todos parados nos degraus com as armas apontadas.

— Não se mexa, ou vamos atirar — o cara de terno mais à frente disse.

Os dois caras de terno que estavam lá fora vieram rápido e fecharam a porta, para evitar que eu escapasse. Ergui devagar a mão levando-a até o peito.

— EU DISSE PARA NÃO SE MEXER! — o cara de terno repetiu.

Era agora ou nunca. Apertei a esfera no meu peito. Ela fez um esguicho, como se fosse um balão cheio de água. Apertei mais forte até sentir um estalo e um calor.

Duru duri Dudu duri-duri.

Olhei para as minhas mãos, que estavam brilhando e emitindo aquela melodia insuportável da invencibilidade.

BANG! BANG! BANG!

A invencibilidade repentina deve ter assustado os caras, porque todos eles abriram fogo ao mesmo tempo. As balas iam todas sendo absorvidas pelo meu corpo.

Duru duri.

Eu sorri. Hora de ir.

Dudu duri-duri.

Eu corri até as escadas, apesar de alguns caras de terno estarem parecendo nervosos, eles se mantiveram firmes e continuaram disparando. Aquilo foi um lance bem corajoso e bem idiota. Eu abaixei os ombros e me choquei contra a multidão, feito um trator. Um dos caras mais fortes que estava no topo da escada se abaixou, como se quisesse me derrubar, e eu o fiz voar longe.

Duru duri Dudu duri-duri.

Virei para a direita, depois dei um giro para a esquerda e entrei no quarto. Mais caras de terno. Muitos mais. O primeiro se abaixou para me pegar e eu passei por ele girando de costas, até entrar pela porta. O segundo me deu um soco na cara. Notei que ele estava meio travadão, talvez estivesse se sentindo mal por socar um garoto de 12 anos. Eu não senti nada. Peguei o cara pelo braço, arremessei e o fiz atravessar o teto até chegar ao sótão.

— BANANA?! — ouvi do lado de fora da janela.

— AINDA NÃO!

Duru duri.

Outro cara de terno não tinha nenhum peso na consciência em agredir um garoto e me deu um soco no estômago com toda a força. Eu também não senti nada. Eu e ele nos encaramos por um segundo antes de eu pegá-lo pelo braço e arremessá-lo pelo buraco que o outro cara tinha criado alguns instantes antes.

— E AGORA?! — O Eric estava espiando pela janela.

— ESPERA AÍ!

Dudu duri-duri.

Todos os caras de terno vieram correndo juntos. Havia provavelmente uns vinte em cima de mim, dando socos e tentando prender meus braços. Esperei pacientemente para dar a todos a chance de entrar na confusão. Eu não estava acompanhando a invencibilidade, mas já devia estar quase acabando. Por fim, eu me levantei num salto, quebrando a parede e catapultando todos os caras para o jardim.

O Eric estava olhando para mim pelo buraco.

— Posso entrar agora?

— Pode!

O Eric ficou parado e eu revirei os olhos.

— BANANA!

Ele deu um sorrisão e entrou escalando no quarto.

— Que demais! Então eu posso te dar o soco mais forte do mundo e não vou te machucar?

Antes que eu conseguisse responder, mais um cara de terno entrou pela porta do armário. Ele também estava com uma arma, mas não era uma arma normal, como as que os camaradas lá da escada estavam segurando, era uma daquelas armas de plasma que eu tinha visto na Bionosoft, que podia mandar a gente direto para o Planeta Poço Sem Fundo. O cara rolou para trás da cama para se proteger e carregou um tubo.

Duru-duru-duru.

O meu corpo começou a piscar quando a invencibilidade acabou.

— Eric! Se encolha!

— Hein?

Eu ergui o Eric e usei o restinho da minha superforça de videogame para arremessá-lo com tudo, exatamente como eu gostaria de ter feito na primeira fase de *A ilha perdida*. O cara de terno se levantou de trás da cama a tempo de ver Eric, a bola de canhão humana, voando bem na cara dele. O cara deixou a arma cair e ergueu as mãos para se defender, mas era inútil: a bola de canhão venceu. Eric derrubou o cara, que atravessou o buraco na parede, e pegou a arma de plasma.

— Vamos embora!

Atravessamos a porta em um mergulho assim que os caras de terno que estavam na escada invadiram o quarto. Eu dei umas piruetas na luz azul e entrei rolando pelo chão da sede da empresa do Max Reuben. Assim que caí no chão, segurei o cabo de energia da porta e puxei com toda a minha força.

BRRRRRRRROOOOOOOOOO.

A porta desligou. O Eric abriu para dar uma olhada e se afastou para eu conseguir enxergar. Só uma parede. Ótimo. Parei por um segundo para respirar e me preparar para enfrentar outro ataque de caras de terno. Quantos ainda tinha? Vinte? Cinquenta?

Eu tive a resposta assim que me virei: zero.

A sala estava quase vazia. Só estavam lá o senhor Gregory na torre de controle e o Charlie olhando para nós.

— Charlie! — eu gritei. — Que bom que vocês estão bem! Desculpa por ter saído assim.

Charlie não disse nada, ele parecia prestes a vomitar.

— Para onde foi todo mundo?

Ainda nada.

— Tá tudo bem — o Eric disse. — O Jesse teve uma ideia incrível! Olha, vamos...

— NÃO DIGA NADA! — o Charlie gritou.

— Por quê? Não tem ninguém aqui.

O Charlie apontou para a torre de controle. Eu estava confuso. Só tinha o senhor Gregory ali. Então, outra pessoa virou a cabeça lá do outro lado da torre de controle e meu sangue gelou.

Era outro senhor Gregory.

CAPÍTULO 21

Esquilo esperto ao resgate

— Qual é o robô? — Eric perguntou, mirando a arma de plasma para a torre de controle.

— Eu não sei — respondeu o Charlie.

— Você não sabe?! — eu perguntei. — É o que entrou na sala depois que a gente saiu, né?

— É, mas eu não vi o que aconteceu, porque a sala ficou uma loucura quando vocês desapareceram. Os caras de terno começaram a correr para todos os lados. O Max gritou alguma coisa sobre um Código Vermelho, mandou metade deles atrás de vocês, e levou a outra metade com ele. Eles pegaram a minha mãe e minhas irmãs e me deixaram aqui sozinho com o meu pai e com o robô.

Olhamos de novo para a torre de controle: os dois senhores Gregory digitavam furiosamente em dois teclados diferentes.

— Estou dizendo pela última vez, tire as mãos do teclado! — o senhor Gregory número 1 gritou.

— O meu filho está preso lá! — retrucou o senhor Gregory número 2.

— Ei! — gritou o Eric.

Os dois senhores Gregory olharam pra gente, arregalando os olhos quando viram que o Eric estava apontando a arma de plasma para eles.

— Qual de vocês dois é o senhor Gregory de verdade? — o Eric perguntou.

— Sou eu — disseram os dois ao mesmo tempo, com o mesmo tom de voz.

— Estou ajudando o Christian a ficar vivo, e ele está tentando fritar o menino, sobrecarregando o processador — disse o senhor Gregory número 2.

— Não, olha. Ele está...

Bip-bip-bip.

Começou a piscar uma luz vermelha em uma das telas.

— Ah, não — disse o senhor Gregory número 1. — Não, não, não... — Ele correu até a tela e começou a socar os botões.

— Chega, ele não vai conseguir! — disse o senhor Gregory número 2, empurrando uma cadeira para tentar afastar o senhor Gregory número 1 do teclado.

O Eric me passou a arma.

— Faz alguma coisa.

Meu cérebro acelerou.

— Charlie, faz algumas perguntas para eles!

— Que livro você costumava ler para mim na hora de dormir? — Charlie gritou para os dois senhores Gregory.

— *Esquilo esperto ao resgate* — os dois responderam ao mesmo tempo.

— Onde eu queria comer em todos os meus aniversários quando eu era pequeno?

— No Subway do Walmart — outra vez, os dois senhores Gregory deram a mesma resposta quase ao mesmo tempo.

Quem quer que fosse o robô devia ser uma máquina muito poderosa para conseguir copiar a resposta do senhor Gregory de verdade em um milissegundo.

— Jesse! — o senhor Gregory número 2 disse. — Se você não fizer alguma coisa rápido, o Christian vai fritar lá dentro. Por favor!

Eu estava ofegante e tentei me concentrar nas piscadas. Um-dois-três-piscada. Olhei para o outro senhor Gregory: um-dois-piscada.

Bi-bi-bi-bip! Bi-bi-bi-bip!

A torre começou a bipar cada vez mais rápido e os dois senhores Gregory voltaram para os computadores em lados opostos da torre.

— Mais um minuto e acabou para o Christian! — disse o senhor Gregory número 1.

Olhei por cima do ombro do senhor Gregory número 2 para tentar entender aqueles códigos indecifráveis. Eu nunca tinha feito nenhuma aula de programação na vida, como eu saberia se o código do senhor Gregory estava salvando ou matando o Christian? Tentei acompanhar os comandos que rolavam na tela enquanto os dedos do senhor Gregory voavam pelo teclado. Espera um pouco. Voltei minha atenção para os dedos do senhor Gregory. Eles estavam digitando muito rápido, mais rápido do que qualquer um que eu já tinha visto digitar. Talvez mais rápido do que um humano pudesse digitar. Eu ergui a arma de plasma.

BIIIIIIIIIIIP! BIIIIIIIIIIIIIIIIP!

— Jesse — Charlie sussurrou, abaixando a minha arma.

— Deixa comigo — eu respondi, sussurrando.

— Eu preciso fazer isso — Charlie respondeu, colocando-se na frente da arma.

Tentei desviar do Charlie.

— Eu tenho uma boa mira! Sai da frente!

O Charlie acompanhou o meu movimento, ele estava erguendo as mãos.

— Jesse, dá isso pra mim, sou eu que preciso apertar o gatilho.

— Mas...

— Por favor — a voz dele falhou. — Não são seu pai e seu irmão. É a minha família.

O jeito como ele falou a última frase me fez parar e repensar em tudo que eu tinha feito naquele dia: eu me via como um herói, por ter nos livrado do SGR no porão e depois por ter desviado do cofre. Mas, do ponto de vista do Charlie, todas as minhas decisões só tinham colocado a família dele ainda mais em perigo. Eu entreguei a arma para o Charlie.

— Pai — o Charlie disse. Os dois senhores Gregory pararam o que estavam fazendo e viraram para ele. O Charlie apontou a arma para o senhor Gregory número 2 e olhou para o senhor Gregory número 1. — Eu te amo — ele disse.

O senhor Gregory número 1 concordou com a cabeça.

— Você tomou a decisão certa, filho.

Antes que o Charlie pudesse puxar o gatilho, o senhor Gregory número 2 começou a falar. Ele não tentou implorar pela própria vida ou convencer o Charlie de que ele estava errado. Ele só disse cinco palavras:

— Te amo de montão, filho.

Era tudo o que o Charlie precisava ouvir. Ele sorriu, virou a arma para o outro lado e detonou o senhor Gregory número 1.

CAPÍTULO 22

Fuga

O senhor Gregory número 1 abriu a boca quando o disparo o atingiu, mas não teve chance de emitir qualquer som. O corpo dele piscou uma vez, mostrando um esqueleto de metal, e desapareceu de vez.

O Eric ficou olhando para o Charlie com a boca aberta.

— Você quase mandou o seu pai de verdade para um poço sem fundo!

O senhor Gregory abraçou o filho.

— Ele sabia o que estava fazendo.

BIIIIIIIIIIIIIIIIIIIIIIIIIIIIIIIIIIIIIP!

A torre guinchou, fazendo a gente lembrar que o Christian ainda estava lá dentro, e o senhor Gregory correu de volta para o teclado. Depois de bater em algumas teclas, o barulho parou e o senhor Gregory deu um suspiro aliviado.

O Charlie deu um abraço em mim e no Eric. Nenhum de nós é muito chegado a abraços, então demos um tapinha meio envergonhado nas costas dele, enquanto ele nos agradecia.

— Se não fosse por vocês dois, meu irmão já era. — Ele finalmente nos soltou e sorriu. — Como vocês sabiam como voltar?

Ah, é! Eu tinha esquecido de contar o verdadeiro motivo pelo qual nós voltamos.

— Eric! O relógio!

O Eric tirou o relógio-espião do pulso.

— Senhor Gregory, este prédio tem um sistema de comunicação interna?

— Sim, os alto-falantes. Por quê?

O Eric fez um gesto para eu explicar.

— O Eric gravou todo o plano do Max Reuben. Se tentássemos levar para a polícia, o Max provavelmente mandaria mais seguranças, como ele fez da última vez. Mas não tem como ele evitar que a mensagem chegue à polícia se nós mostrarmos a gravação para o prédio todo.

— Isso é genial! — disse o senhor Gregory, partindo para a ação. Ele socou uns números no telefone ao lado da torre de controle e segurou o fone perto da boca. — Atenção, funcionários da Agência de Investimentos Max — sua voz ecoou pelo teto, passando pelos fones da comunicação interna. — Aqui é Alistair Gregory falando com vocês do 56º andar. Tenho certeza de que muitos de vocês já se perguntaram sobre o projeto secreto do Max Reuben. Estou aqui para contar para vocês que é um plano terrível. A próxima voz que vocês vão ouvir é a do próprio Max admitindo tudo.

O Eric entregou o relógio, e o senhor Gregory apertou PLAY.

— Eu tenho milhares de empregados — dizia a voz do Max nos alto-falantes do sistema de comunicação da empresa —, são pessoas maravilhosas, mas alguns deles talvez sejam, digamos, um pouco caretas em relação ao que estamos fazendo aqui no 56º andar.

Enquanto a gravação era reproduzida, o senhor Gregory voltou ao teclado.

— Acho que descobri um jeito de tirar o Christian de lá. Charlie, você pode me ajudar no outro teclado? Quando eu der o comando, preciso que você aperte a tecla ESC, tá bom? Três, dois...

BANG! BANG! BANG!

A contagem regressiva foi interrompida por batidas fortes. A gente se virou, a batida vinha da porta do corredor pela qual o Max e os seus capangas tinham saído correndo. Antes que pudéssemos correr até lá para proteger o relógio, a porta abriu com tudo e a senhora Gregory e as crianças rolaram para dentro.

— Papai! Papai! — As menininhas vieram correndo e se agarraram na perna do pai.

O senhor Gregory abraçou a esposa.

— Como você escapou deles?

— Quando a gravação começou a tocar, os homens que estavam nos vigando saíram correndo — a senhora Gregory disse. — O Christian está bem?

— Mais do que bem! Vou trazê-lo de volta agora mesmo. Preparado, Charlie?

— Preparado.

O senhor Gregory digitou alguns comandos no teclado.

— Manda ver!

O Charlie apertou a tecla ESC e a porta do Reubenverso acendeu. Ela começou a brilhar cada vez mais, até que Christian Gregory saiu de lá rolando, segurando uma coisa que parecia um sabre de luz de verdade. Christian piscou algumas vezes e olhou para baixo para ver o que estava segurando.

— *STÁI UÁIS!* — ele gritou, segurando o sabre de luz acima da cabeça.

— Christian, abaixa isso agora! — a senhora Gregory ordenou. Christian obedeceu, e toda a família se uniu em um abraço.

— Pessoal, vocês estão prontos para ir pra casa? — o senhor Gregory perguntou, abrindo uma das portas do posto de controle.

A senhora Gregory olhou para a luz azul com desconfiança.

— Isso é seguro, meu bem?

Antes que o senhor Gregory pudesse responder, o Christian tinha recuperado seu sabre de luz e entrado pela porta.

— ESPERA AÍ! DENTRO DE CASA, NÃO! — a senhora Gregory gritou, correndo atrás dele. O Charlie pegou na mão das irmãs e atravessou a porta caminhando.

Virei para o senhor Gregory.

— Você não vai?

Ele balançou a cabeça, em negativa, com tristeza.

— Eu preciso ficar aqui e ajeitar essa bagunça. Eu gostaria de poder voltar no tempo e me obrigar a largar tudo isso. Eu coloquei muita gente em perigo.

— Não é culpa sua — eu disse. — Você construiu algo incrível, mas as pessoas usaram para o mal.

— Como o cara que inventou a bazuca — o Eric trouxe sua amável contribuição.

— Nem sei como agradecer a vocês dois — disse o senhor Gregory. — Se não fosse por essa ajuda, acho que minha família nunca conseguiria sair dessa.

— Sempre que você quiser colocar a gente dentro de um jogo, nós estaremos prontos — o Eric disse.

— Ninguém mais entra em jogo nenhum — disse o senhor Gregory. — Agora vocês vão para casa.

Eu e o Eric começamos a caminhar em direção à porta, para atravessar a mesma pela qual a família Gregory tinha passado.

— Não, não por aí — disse o senhor Gregory. — Posso deixar vocês ainda mais perto.

Ele levou a gente até a porta ao lado.

— Eles construíram esta aqui que leva ao porão da sua casa, Eric.

— Sinistro — eu disse.

— Maneiro — disse o Eric ao mesmo tempo.

O Eric entrou na luz azul e eu fui atrás. Depois de cair por alguns segundos, saí rolando da TV do Eric e caí no tapete esfarrapado do porão da casa dele.

ILHA PERDIDA
PRESSIONE START PARA CONTINUAR

CAPÍTULO 23

Código vermelho

Nós tínhamos agido como se não fosse grande coisa na frente do senhor Gregory, mas sozinhos, no porão do Eric, nós piramos.

— UOOOOOOOOU! — O Eric bateu no peito como Tarzan, enquanto eu pulava para cima e para baixo.

— Dá pra acreditar? — eu gritei. — Nós somos praticamente superespiões!

— Espião secreto 007 ao seu dispor — disse o Eric, fingindo abaixar um óculos de sol no rosto.

— Acho que é agente secreto — eu disse.

— Quê?

— Deixa pra lá. Ei, liga no jornal. Quero ver se o FBI já chegou ao prédio do Max Reuben.

— Boa ideia! — o Eric disse, virando-se para procurar o controle remoto no sofá.

Eu me esparramei no tapete e fechei os olhos. Eu já tinha ido para São Francisco, para Washington e para a selva de um jogo de videogame dos anos 1980, e não era nem meio-dia ainda.

O Eric apontou um controle remoto para a TV e tentou apertar alguns botões.

— Não é esse — ele murmurou.

Voltei a pensar no lance do relógio e balancei a cabeça. Não era um plano muito bom. Se um dos caras de terno estivesse na sala quando voltamos de Washington, ou até se algum deles tivesse entrado na sala enquanto a gravação estava tocando, teria dado tudo errado. Eu parei e continuei pensando naquilo.

— Ei, Eric, você não acha estranho que o Max tenha deixado a gente tocar a gravação sem tentar nos impedir?

— Ahm?

Eu virei para o lado. O Eric não podia prestar atenção, ele estava muito ocupado cheirando uma bala de gelatina em formato de minhoca que encontrou entre as almofadas do sofá.

— Quer dizer, por que o Max só foi embora e não voltou mais? Eles tinham câmeras lá, não tinham? Eles com certeza viram que a gente tinha voltado.

O Eric agora estava tentando mastigar a bala de minhoca.

— Vai saber — ele disse. — Ei, você pode levantar aquela ponta do sofá? Acho que o controle está aí embaixo.

Eu levantei o sofá e imediatamente deixei cair.

— Código vermelho!

— Ei! — o Eric gritou. — Você não pode simplesmente deixar o sofá cair sem avisar! Eu podia estar lá embaixo!

— Lembra que o Charlie falou que o Max tinha dito alguma coisa sobre um tal de Código Vermelho quando ele saiu da sala?

— E daí?

— E se o Max não se preocupou em nos impedir porque ele tinha um plano B?

— E se ele só estivesse fugindo? — o Eric perguntou. — Será que dá pra parar de se preocupar e levantar o sofá?

Naquela hora, a TV ligou sozinha. Uma imagem borrada apareceu por um segundo, e então uma foto apareceu bem nítida: era o senhor Gregory.

— Jesse! Eric! Temos um problema! — O senhor Gregory ainda estava na sala da torre de controle, mas agora havia luzes e sirenes disparadas atrás dele.

— O que aconteceu?

— Eu não sei como ele fez isso, mas ele fez!

— Fez o quê?!

— Preciso que vocês voltem pra cá imediatamente! Vocês conseguem achar um controle?

Eu e o Eric pegamos os dois controles de videogame que estavam em cima do armário da TV.

— Desculpem — disse o senhor Gregory, digitando alguma coisa. — Desculpem mesmo.

O controle tremeu na minha mão e a sala ficou preta. Ao cair na escuridão, luzes vermelhas começaram a piscar. Além delas, havia uma voz, era a mesma voz feminina amigável que fala no elevador: "décimo andar". Só que essa voz trazia uma mensagem muito mais sinistra:

— Dez minutos para o rapto.

SOBRE OS AUTORES

DUSTIN BRADY

Dustin Brady vive em Cleveland, Ohio, com a esposa, Deserae, seu cachorro, Nugget, e os filhos. Ele passou boa parte da vida perdendo no *Super Smash Bros.* para o irmão Jesse e para o amigo Eric. Você pode descobrir os próximos projetos dele em dustinbradybooks.com ou mandando um e-mail pelo endereço dustin@dustinbradybooks.com.

JESSE BRADY

Jesse Brady é ilustrador e animador profissional, vive em Pensacola, na Flórida. Sua esposa, April, também é uma ilustradora incrível! Quando criança, Jesse adorava fazer desenhos dos seus jogos de videogame preferidos e passou muito tempo detonando o irmão, Dustin, no *Super Smash Bros.* Você pode ver alguns dos melhores trabalhos do Jesse no site www.jessebradyart.com, e pode mandar um e-mail para ele pelo endereço jessebradyart@gmail.com.

EXPLORE MAIS

Computadores parecem mágica, não é? Você aperta um botão e, puf, está a segundos de distância de praticamente qualquer livro, música ou filme já criado. Os computadores de hoje em dia podem dirigir carros, pilotar aviões e pousar um foguete na lua. Eles estão por trás de jogos de videogame que parecem reais e operam inteligências artificiais que conseguem derrotar até os melhores jogadores de xadrez do mundo.

Como uma caixinha pode fazer tudo isso? Tem que ser um pouco de magia, não é? Na verdade, você pode começar a entender o funcionamento dos computadores apertando o interruptor de luz que estiver mais próximo de você. Experimente. Incrível, né? Né? Tá bom, não tem graça nenhuma.

Mas imagine se você tivesse centenas de lâmpadas para operar. Agora, você pode começar a fazer coisas mais legais. Por exemplo, às vezes, todas as empresas de um mesmo prédio trabalham juntas para formar palavras com luzes durante grandes eventos esportivos.

O segredo dos computadores de hoje é que eles não têm só um interruptor. Eles têm bilhões de interruptores microscópicos que se chamam "**transistores**". Assim como as empresas dos arranha-céus, os transistores trabalham juntos para criar padrões que significam alguma coisa.

Os transistores criam padrões através de um código chamado "**binário**". Binário significa que só existem duas possibilidades. No caso do interruptor ou do transistor essas possibilidades são "ligado" ou "desligado". Encadeando uma sequência de transistores "ligados" e "desligados", podemos começar a criar códigos que os computadores entendam. Por exemplo, computadores entendem que este padrão é um ponto de interrogação:

O código binário permite que a linguagem humana seja traduzida em linguagem computacional, dando-nos os únicos componentes estruturais que precisaremos para programar videogames, assistir a filmes *on-line* e falar com a vovó por videochamada.

Quando escrevemos utilizando código binário não desenhamos transistores em formato de bonequinhos como os que você viu acima (seria bonitinho, mas nada prático). Nós representamos o "ligado" e o "desligado" com dois números. Você consegue descobrir quais são? Uma dica: olhe para o botão de ligar de algum computador perto de você.

Está vendo? O botão de ligar é um "1" dentro de um "0". Em código binário, "1" significa "ligado" e "0" significa "desligado". Nas próximas páginas, vamos usar o número 1 e o número 0 para aprender mais sobre como os computadores utilizam o código binário.

DESENHANDO COM PIXELS

As telas nos dão um bom exemplo de como os computadores desconstroem ideias complicadas e as transformam em escolhas binárias simples.

1. Essa é a foto do Barney, um cachorrinho.

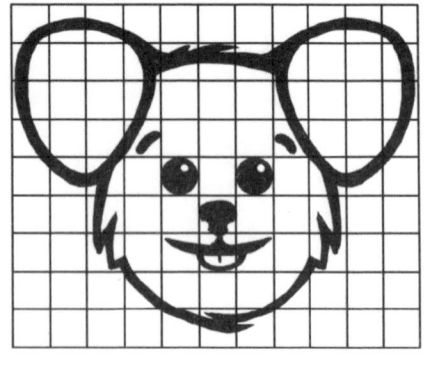

2. As telas exibem as imagens dividindo-as em quadradinhos chamados de "pixels".

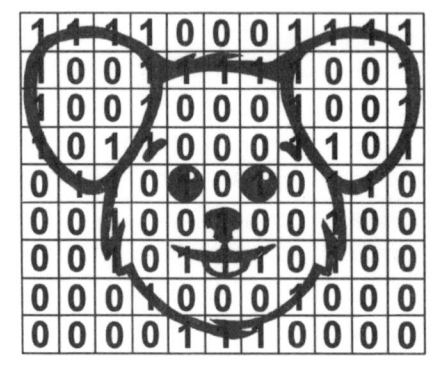

3. Para fazer um desenho simples em preto e branco como esse, os pixels vazios recebem o número zero e os pixels pretos recebem o número um.

4. As telas podem exibir os pixels de número "zero" como branco e os pixels de número "um" como preto. Agora o Barney está dentro de um computador!

Quanto mais pixels uma tela tem, mais nítida fica a imagem. Coloque estes desenhos dentro de um videogame preenchendo os pixels. Você pode usar um papel quadriculado à parte.

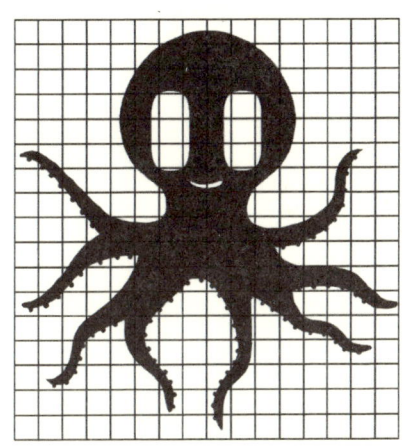

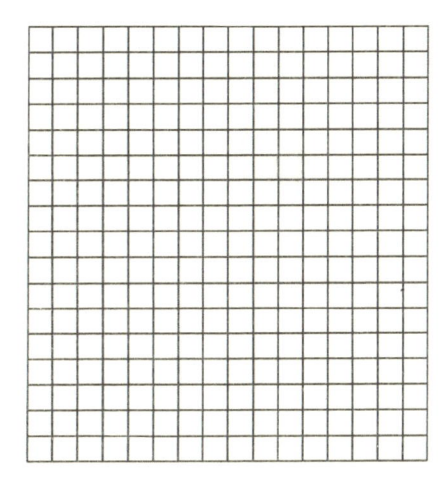

TRADUZINDO CÓDIGO BINÁRIO

O código binário funciona como um código secreto que os superespiões Jesse e Eric iriam gostar. Todos aqueles números 1 e 0 se transformam em números normais que, por sua vez, representam letras e símbolos. Por exemplo, 1100011 em código binário somam 99, que pode ser traduzido na letra "c" em letra minúscula.

Se este exemplo lhe causou um pequeno ataque de pânico, não se preocupe. Você não precisa aprender código binário ou saber decodificá-lo para começar a programar: o computador faz todo o trabalho por você. Mesmo assim, é divertido aprender como os computadores pensam, traduzindo códigos binários em letras, como em um código secreto.

Nesta seção, você irá usar a tabela da próxima página para traduzir o código binário das dicas sobre o próximo livro da série *Socorro, caí dentro do videogame*. Vá decodificando os números da esquerda para a direita, de cima para baixo. Quando acabar, você pode usar o código binário para escrever mensagens secretas para os seus amigos!

1. O título do quinto livro da série *Socorro, caí dentro do videogame* é:

   01111 00000 10101 01100 10100
   01001 01101 01111 00000 00011
   01000 00101 00110 00001 01111

2. No quinto livro da série *Socorro, caí dentro do videogame*, o Jesse e o Eric vão parar no Reubenverso. O primeiro mundo que eles encontram se chama:

   00100 01001 01110 01111 00000
   00100 00101 10011 00001 10011
   10100 10010 00101

3. Logo depois de entrar no Reubenverso, o Jesse e o Eric encontrarão um velho "amigo". O nome desse amigo é:

   01000 01001 01110 00100 00101
   01110 00010 10101 10010 00111

A	00001
B	00010
C	00011
D	00100
E	00101
F	00110
G	00111
H	01000
I	01001
J	01010
K	01011
L	01100
M	01101
N	01110
O	01111
P	10000
Q	10001
R	10010
S	10011
T	10100
U	10101
V	10110
W	10111
X	11000
Y	11001
Z	11010
SPACE	00000

Respostas:
1. O ÚLTIMO CHEFÃO 2. DINO DESASTRE 3. HINDENBURG

LEIA OS OUTROS LIVROS DA SÉRIE

SOCORRO, CAÍ DENTRO DO VIDEOGAME

DUSTIN BRADY

2
SOCORRO, CAÍ DENTRO DO VIDEOGAME
MISSÃO INVISÍVEL
DUSTIN BRADY
MILK SHAKESPEARE

SOCORRO, CAÍ DENTRO DO VIDEOGAME

A REVOLTA DOS ROBÔS

DUSTIN BRADY

ASSINE NOSSA NEWSLETTER E RECEBA INFORMAÇÕES DE TODOS OS LANÇAMENTOS

www.faroeditorial.com.br

ESTA OBRA FOI IMPRESSA EM MARÇO DE 2022